ROMANCE SECRETO

BRENDA JACKSON

Editado por HARLEQUIN IBÉRICA, S.A.
Núñez de Balboa, 56
28001 Madrid

I.S.B.N.: 978-84-687-6024-7
Depósito legal: M-883-2015
Editor responsable: Luis Pugni
Impresión en CPI (Barcelona)
Fecha impresion para Argentina: 28.9.15
Distribuidor exclusivo para España: LOGISTA
Distribuidor para México: CODIPLYRSA
Distribuidores para Argentina: Interior, DGP, S.A. Alvarado 2118.
Cap. Fed./Buenos Aires y Gran Buenos Aires, VACCARO HNOS.

Prólogo

Jillian Novak miró a su hermana por encima de la mesa sin poderse creer lo que acababa de oír. Dejó la copa de vino que estaba bebiendo.

—¿Qué quieres decir con que no vienes conmigo? Eso es una locura, Paige. ¿Necesito recordarte que fuiste tú quien planeó el viaje?

—No hace falta, Jill, pero entiende mi dilema —dijo Paige con voz apenada—. Conseguir un papel en una película de Steven Spielberg es un sueño hecho realidad. No puedes imaginar lo que sentí: alegría por ser la elegida y, un segundo después, decepción al saber que el rodaje empezaba la misma semana que tendría que ir de crucero contigo.

—Deja que adivine, la alegría fue mayor que la decepción, ¿verdad? —había anhelado ese crucero por el Mediterráneo por muchas razones, y no iba a realizarlo.

—Lo siento, Jill. Nunca has ido de crucero y sé que ocupa un lugar muy alto en tu lista de deseos.

La disculpa de Paige hizo que Jillian se sintiera aún peor. En su caso, ella habría hecho la misma elección que su hermana. Extendió el brazo sobre la mesa y le agarró la mano a Paige.

—Soy yo quien tendría que disculparse, Paige.

Estaba pensando solo en mí. Tienes razón. Conseguir ese papel es un sueño hecho realidad y estarías loca si no lo aceptaras. Me alegro mucho por ti. Felicidades.

–Gracias –Paige esbozó una gran sonrisa–. Tenía muchas ganas de estar contigo en el crucero. Hace años que Pam, Nadia, tú y yo no pasamos tiempo juntas.

Nadia, en su último año de facultad, era su hermana menor. Tenía veintiún años, dos menos que Paige y cuatro menos que Jillian. Pamela, la mayor, tenía diez años más que Jillian. Pam había dejado Hollywood y su carrera de actriz para volver a Gamble y criarlas a las tres cuando su padre murió. Pam vivía en Dénver, estaba casada, tenía dos hijos y era directora de dos escuelas de interpretación, una en Dénver y otra en Gamble. Paige había seguido los pasos de Pam; era actriz y vivía en Los Ángeles.

Pam estaba tan ocupada que le habría sido imposible acompañarlas al crucero. Nadia, por su parte, estaba de exámenes finales. Jillian acababa de terminar sus estudios de Medicina y necesitaba esas dos semanas de crucero antes de iniciar la residencia. Pero había otra razón por la que anhelaba el crucero.

Aidan Westmoreland.

Resultaba difícil creer que hacía poco más de un año que había roto con él. Y cada vez que recordaba el motivo, le dolía el corazón. Necesitaba algo que la hiciera olvidar.

–¿Estás bien, Jill?

–Sí, ¿por qué lo preguntas? –forzó una sonrisa.

–Pareces estar a mil kilómetros de aquí. Te he notado rara desde que llegué a Nueva Orleans, como si te preocupara algo. ¿Va todo bien?

–Sí, todo va bien, Paige –Jillian hizo un gesto despreocupado. No quería que su hermana intentara sonsacarla.

–No sé –Paige no parecía convencida–. Tal vez debería olvidarme de la película e irme contigo.

–No seas tonta –Jillian alzó la copa y tomó un sorbo de vino–. Estás haciendo lo correcto. Además, no voy a hacer el crucero.

–¿Por qué no?

–No esperarás que vaya sin ti.

–Necesitas unas vacaciones antes de empezar la residencia.

–Por favor, Paige –Jillian puso los ojos en blanco–. ¿Qué iba a hacer yo sola en un crucero de dos semanas?

–Descansar, relajarte, disfrutar de las vistas, del océano y de la paz. Si tienes suerte, tal vez conozcas a algún soltero interesante.

–Los solteros no van de crucero solos –Jillian movió la cabeza–. Además, lo último que necesito ahora es un hombre en mi vida.

–Jill, no ha habido un hombre en tu vida desde que saliste con Cobb Grindstone el último año de instituto –Paige se rio–. Creo que lo que falta en tu vida es un hombre.

–Para nada, y menos con lo ocupada que estoy

–refutó Jillian–. Y no veo que tú tengas a nadie especial.

–Por lo menos he tenido citas estos años. Tú no. O, si las has tenido, no me lo has dicho.

Jillian controló la expresión. Nunca le había contado a Paige su relación con Aidan, y teniendo en cuenta cómo había acabado, se alegraba de ello.

–¿Jill?

–¿Sí? –alzó la vista hacia su hermana.

–No me estarás guardando secretos, ¿verdad? –los labios de Paige se curvaron con una sonrisa.

Jillian sabía que Paige le acababa de dar la oportunidad perfecta para hablarle de su romance con Aidan, pero no estaba lista para ello. Un año después, el dolor seguía ahí. Lo último que Jillian necesitaba era que Paige la sonsacara.

–Sabes que en mi vida no hay un hombre por falta de tiempo. Estoy centrada en ser médico y nada más –Paige no tenía por qué saber que unos años antes había dejado que Aidan entrara en su vida y que había pagado caro ese error.

–Por eso deberías ir al crucero sin mí –dijo Paige–. Has trabajado duro y necesitas descansar y disfrutar. Cuando empieces con la residencia tendrás aún menos tiempo.

–Eso es verdad –dijo Jillian. –Pero…

–Nada de peros, Jillian.

Jillian conocía ese tono de voz. Y también que cuando Paige utilizaba su nombre completo, hablaba muy en serio.

–Si fuera al crucero sola me aburriría mucho. Son dos semanas.

–Dos semanas que necesitas. Y piensa en los sitios que verás: Barcelona, Francia, Roma, Grecia y Turquía –esa vez fue Paige quien le agarró la mano a Jillian–. Mira, Jill, a ti te pasa algo, lo percibo. Sea lo que sea, te está destrozando. Lo noté hace meses, la última vez que vine a visitarte –sonrió con ironía–. Puede que sí guardes secretos. Tal vez te ha gustado algún médico en la facultad y no me lo quieres contar. Uno que te ha deslumbrado tanto que no sabes manejar la intensidad de la relación. Si es así, lo entiendo. A veces, hay asuntos que preferimos solucionar a solas. Por eso creo que dos semanas en el mar te harán mucho bien.

Jillian tomó aire. Paige no sabía cuánto se había acercado a la verdad. Su problema se debía a un médico, pero no a uno que estudiara con ella.

En ese momento, la camarera llegó con la comida y Jillian agradeció la interrupción. Sabía que Paige no estaría contenta hasta que accediera a ir al crucero. Paige sabía que algo la inquietaba y solo era cuestión de tiempo que Pam y Nadia lo supieran también, si no lo sabían ya. Además, ya había pedido dos semanas libres. Si no se iba de crucero, la familia querría que pasase ese tiempo con ellos. No podía hacerlo, por si Aidan volvía a casa inesperadamente mientras ella estaba allí. Era la última persona a la que quería ver.

–¿Jill?

–De acuerdo, iré. Lo pasaré bien.

–Sí. Habrá muchas actividades y, si no te apetece hacer nada, también está bien –Paige sonrió–. Todo el mundo necesita dar un descanso a su mente de vez en cuando.

Jillian asintió. Su mente necesitaba reposo. Era la primera en admitir que había echado de menos a Aidan, sus apasionados mensajes de texto, los correos que le disparaban la adrenalina y las llamadas nocturnas que hacían que su cuerpo ardiera como una llama.

Pero eso había sido antes de saber la verdad. Lo único que quería era olvidarse de él. Suspiró profundamente. Paige tenía razón. Necesitaba ese crucero, así que iría sola.

El doctor Aidan Westmoreland entró en su piso y se quitó la bata. Se frotó el rostro y miró su reloj. Ya tendría que haber tenido noticias.

Cuando iba hacia la cocina, le sonó el teléfono móvil. Era la llamada que estaba esperando.

–¿Paige?

–Sí, soy yo.

–¿Va a ir? –preguntó, directo al grano. Esperó la respuesta con un nudo en el estómago.

–Sí, irá al crucero, Aidan. Jillian ni se imagina que sé que tuvisteis una relación.

Aidan tampoco había sabido que Paige estaba al tanto hasta que lo había visitado por sorpresa el mes anterior; lo había descubierto el año que Jillian entró en la facultad de Medicina. Aidan había vuelto a casa para la boda de su primo Riley, y Paige le había oído llamarla Jilly, con tono íntimo. Y durante el último año Paige también había percibido que a Jillian le preocupaba algo que no quería compartir con ella.

Paige había hablado con Ivy, la mejor amiga de Jillian, que también estaba preocupada por ella. Ivy le había contado lo ocurrido y por eso Paige había volado a Charlotte a enfrentarse con él. Hasta entonces, Aidan no había sabido la razón por la que Jillian había roto con él.

Cuando Paige le habló del crucero que Jillian y ella habían planeado y le sugirió la posibilidad de que Jillian fuera sola, él había aceptado sin dudar.

–Yo he hecho mi parte y el resto está en tu mano, Aidan. Espero que puedas convencer a Jill de la verdad –dijo Paige.

Momentos después, Aidan colgó y fue a la cocina a por una cerveza. Apoyado en el mostrador, tomó un largo trago. Dos semanas en el mar con Jillian iba a ser muy interesante. Pero pretendía que fueran más que eso.

Una sonrisa le curvó los labios. Para cuando acabara el crucero, Jillian no tendría ninguna duda de que era el único hombre para ella.

Tiró la lata vacía en la cesta de reciclaje y fue a la ducha. Mientras se desvestía, no pudo evitar recordar cómo había empezado su romance secreto con Jillian, hacía casi cuatro años.

Capítulo Uno

Cuatro años antes

¿Qué se siente al tener veintiún años?

Jillian se quedó sin aire cuando el largo cuerpo de Aidan Westmoreland ocupó el asiento que tenía enfrente. Solo entonces se dio cuenta de que todos los demás habían entrado. Aidan y ella eran los únicos que quedaban en el patio que daba al lago.

La fiesta de cumpleaños había sido una gran sorpresa. Y aún más que Aidan asistiera, dado que pasaba casi todo el tiempo en la facultad de Medicina. Como ella también estudiaba fuera, sus caminos rara vez se cruzaban. Aunque lo conocía desde hacía cuatro años, no recordaba haber tenido ninguna conversación con él.

–Lo mismo que ayer –respondió–. La edad no es más que un número. Nada importante.

Sintió un nudo en el estómago cuando él curvó los labios. Tenía una sonrisa fantástica, era un regalo para los ojos. Estaba loca por él.

Cualquiera lo estaría por un hombre tan sexy. Si no se caía en la trampa de sus labios, se caía en la de sus ojos, profundos, oscuros y penetrantes.

–¿No es más que un número? –riendo, se recostó en la silla y estiró las largas piernas–. Tal vez las mujeres piensen eso, los hombres no.

–¿Y por qué, Aidan? –preguntó ella alzando el vaso de limonada para tomar un sorbo. De repente, se sentía acalorada. Sabía que era la reacción de su cuerpo ante él. Hasta captaba su olor, delicioso y masculino.

–¿Estás segura de que soy Aidan y no Adrian? –inquirió él, alzando una ceja y esbozando una sonrisa ladina.

–Estoy segura –no tenía duda alguna. Pero sabía que él y su gemelo gastaban bromas a aquellos que no sabían distinguirlos.

Pero era Aidan, no Adrian, quien hacía que ciertas partes de su cuerpo llamearan.

–¿Y cómo estás tan segura? –se inclinó hacia ella, tanto que Jillian se perdió en sus ojos.

Se rumoreaba que era un seductor. Lo había visto en acción en varias bodas de los Westmoreland. Además, su hermano y él habían adquirido reputación de mujeriegos en Harvard. No la extrañaba que las mujeres cayeran a sus pies.

–Porque lo estoy –le contestó. No pensaba decir más al respecto.

No iba a confesar que desde que Dillon, antes de casarse con Pam, le había presentado a Aidan, se había enamoriscado de él. Entonces ella tenía solo diecisiete años, pero el problema era que sus sentimientos no habían cambiado.

–¿Por qué?

–¿Por qué, qué?

–¿Por qué estás tan segura? No lo has dicho.

Ella suspiró para sí, deseando que dejara el tema. Decidió darle cualquier excusa.

–Sonáis diferentes –alegó.

–Es raro que digas eso. La mayoría de la gente opina que nuestra voz es casi igual –esbozó otra sonrisa sexy, mostrando sus hoyuelos.

–Pues yo no –refutó ella, con las hormonas desatadas. Era la voz de Aidan la que acariciaba sus sentidos, la de Adrian no tenía ese efecto–. ¿Cómo te va en la facultad? –preguntó, para evitar que siguiera interrogándola.

Él empezó a contarle lo que la esperaba un año después. Desde la muerte de su madre, cuando Jillian tenía siete años, su sueño había sido convertirse en neurocirujana.

Aidan le habló del programa de residencia dual que pensaba realizar en los hospitales de Portland, en Maine; y Charlotte, en Carolina del Norte, cuando se graduara. Su sueño era convertirse en cardiólogo; la idea de ser médico le entusiasmaba y se le notaba en la voz. A ella aún le quedaba un curso de pregrado en la universidad de Wyoming antes de poder especializarse en Medicina.

Mientras él hablaba, ella asentía y lo escrutaba con discreción. Era un hombre más que guapo. Su voz, suave como la seda, tenía un tono grave que le aceleraba el pulso. Tenía la nariz aguileña, pómulos marcados, mandíbula esculpida y una boca tan sensual que era un placer mirarla.

–¿Has decidido a qué facultad de Medicina irás, Jillian?

Ella parpadeó e intentó concentrarse. Al verlo sonreír, se preguntó si se había dado cuenta de cómo lo observaba.

–Siempre he querido vivir en Nueva Orleans, así que trabajar en un hospital allí es mi primera opción –contestó.

–¿Y la segunda?

–No estoy segura –se encogió de hombros–. Supongo que Florida.

–¿Por qué?

–Nunca he estado en Florida –dijo ella, preguntándose por qué la estaba interrogando.

–Espero que esa no sea la única razón –rio él.

–Claro que no –dijo, a la defensiva–. Hay buenas facultades en Louisiana y en Florida.

–Es cierto –asintió él–. ¿Cuál es tu nota media?

–Buena. De hecho, más que buena. Estoy entre los primeros diez de la clase.

No había sido fácil conseguirlo. Había tenido que hacer muchos sacrificios, sobre todo en su vida social. Ni se acordaba de la última vez que había tenido una cita. Pero no le importaba. Pam estaba costeando gran parte de su educación y Jillian quería que se sintiera orgullosa de ella.

–¿Has empezado ya a preparar el examen de acceso y el proyecto?

–Es demasiado pronto.

–Nunca es demasiado pronto. Sugiero que empieces a prepararlos en tu tiempo libre.

–¿Tiempo libre? –ella sonrió–. ¿Qué es eso?

–Tiempo que tendrás que buscar, aunque no creas que lo tengas –soltó una risa suave y sexy que hizo que a ella se le acelerara el pulso–. Es esencial saber utilizar el tiempo, o te quemarás antes de empezar.

Ella sintió una punzada de resentimiento, que desechó. Le estaba dando un consejo porque ya había pasado por lo que ella tendría que pasar. Y, por lo que había oído, él iba a graduarse entre los primeros de su clase en Harvard, para luego iniciar un programa de residencia dual que era el sueño de cualquier estudiante de Medicina. Iba a tener la oportunidad de trabajar con los mejores cardiólogos de Estados Unidos.

–Gracias por el consejo, Aidan.

–De nada. Cuando estés lista para prepararlos, dímelo. Te ayudaré.

–¿En serio?

–Claro. Incluso si tengo que ir adonde estés.

Ella alzó una ceja. No lo imaginaba haciendo algo así. Harvard, en Boston, quedaba muy lejos de su universidad, en Laramie, Wyoming.

–Déjame tu teléfono un segundo.

–¿Por qué? –inquirió ella.

–Para que te grabe mi número.

Jillian tomó aire y se levantó para sacar el móvil del bolsillo de los vaqueros. Se lo dio, intentando ignorar el cosquilleo que le recorrió el cuerpo cuando sus manos se rozaron. Observó cómo tecleaba los números con dedos largos y fuertes, de cirujano. Y se preguntó cómo sería sentir esos dedos acariciándole la piel.

Momentos después, el sonido del móvil de él interrumpió sus pensamientos. Comprendió que se había llamado a sí mismo para grabarse el número de ella.

–Toma –dijo él, devolviéndole el móvil. Ahora tienes mi número y yo el tuyo.

–Sí –dijo ella, preguntándose si eso tenía algún significado oculto.

–Adrian y yo hemos quedado con Canyon y Stern en el pueblo para tomar unas copas y jugar al billar –se puso en pie, consultando el reloj–. Es hora de irme. Feliz cumpleaños, otra vez.

–Gracias, Aidan.

–De nada.

Él fue hacia la puerta y, una vez allí, se volvió para mirarla con sus asombrosos ojos oscuros. La intensidad de su mirada le provocó otra oleada de calor. Sintió… ¿pasión?, ¿química sexual?, ¿lujuria? Decidió que las tres cosas.

–¿Pasa algo? –le preguntó, cuando el silencio empezó a alargarse.

–No estoy seguro –dijo él, forzando una sonrisa. Entró en la casa y la dejó preguntándose qué había querido decir con eso.

«¿Por qué, de todas las mujeres del mundo, he tenido que sentirme atraído por Jillian Novak?».

Lo había notado por primera vez cuando los

15

habían presentado, hacía cuatro años. Él tenía veintidós años y ella solo diecisiete, pero le había deslumbrado. Supo entonces que tenía que mantener las distancias. Y con veintiún años seguía teniendo la inocencia escrita en la cara. Por lo que había oído, ni siquiera tenía novio; prefería concentrarse en los estudios y renunciar al amor.

Aidan adoraba su vida, y en especial a su familia. Por eso no entendía por qué se permitía sentirse atraído por la hermana de Pam. No quería causarle problemas a Dillon.

Pam Novak era una joya, justo lo que Dillon necesitaba. Todos se habían quedado atónitos cuando Dillon había anunciado que había conocido a una mujer con la que quería casarse. A Aidan le había parecido una locura.

Dillon, más que nadie, tendría que haberlo sabido, dado que su primera esposa lo abandonó cuando él se negó a dejar a los cuatro miembros más jóvenes de la familia –Adrian, Aidan, Bane y Bailey– en manos de familias de acogida. Sin embargo, Aidan, sus hermanos y primos no habían tardado en descubrir que Pam era muy distinta

En opinión de Aidan, Pam era cuanto habían necesitado; valoraba la familia. Y lo había demostrado cuando dejó de lado su prometedora carrera de actriz para ocuparse de sus tres hermanas adolescentes cuando falleció su padre.

Los Westmoreland también habían sufrido muchos problemas familiares. Todo empezó cuando los padres de Aidan, junto con su tío y su tía, murieron en un accidente de avión, dejando a su primo Dillon a cargo de la familia, con el apoyo de Ramsey, el hermano mayor de Aidan. Dillon y Ramsey habían trabajado mucho y se habían sacrificado por mantener a la familia unida.

Los padres de Aidan tuvieron ocho hijos: cinco chicos –Ramsey; Zane; Derringer y los gemelos, Aidan y Adrian–; y tres chicas –Megan, Gemma y Bailey–. Por su parte, el tío Adam y la tía Clarisse tuvieron siete hijos: Dillon, Micah, Jason, Riley, Canyon, Stern y Brisbane.

No había sido fácil, especialmente porque Adrian, Aidan, Brisbane y Bailey eran menores de dieciséis. Además, habían sido los más rebeldes del grupo; se habían metido en tantos líos que el estado de Colorado ordenó que los entregaran a familias de acogida. Dillon apeló la decisión y ganó. Por suerte para los cuatro Westmoreland más jóvenes, Dillon sabía que sus actos de rebeldía eran su forma de superar el dolor por la pérdida de sus padres. En la actualidad, Aidan estudiaba Medicina; Adrian estaba haciendo el doctorado en Ingeniería; Bane se había unido a la Marina; y Bailey cursaba clases en la universidad local y trabajaba a tiempo parcial.

Aidan, a su pesar, volvió a pensar en Jillian. La fiesta de cumpleaños del día anterior había sido una sorpresa, y su mirada de asombro adorable. Cualquier duda acerca de su atracción por ella había quedado disipada al verla.

Ella salió al patio esperando una fiesta de despedida por su hermana Gemma, que se había casado con Callum e iba a trasladarse a Australia. Pero se encontró con una fiesta sorpresa para ella. Tras unas lágrimas de alegría, que a él le habría encantado lamer, abrazó a Paige y a Dillon por pensar en ella y en su vigésimo primer cumpleaños. Por lo que había oído, era la primera fiesta que Jillian celebraba desde su niñez.

Mientras todos corrían a felicitarla, él se había quedado atrás, observándola. Llevaba un vestido veraniego y ya no era la adolescente que había conocido cuatro años antes. Tenía la cara más llena y un cuerpo… Se preguntó de dónde habían salido esas curvas. Era baja comparada con él, que medía metro ochenta y siete. Ella, descalza, no debía de pasar del metro sesenta y dos. Y, aunque Pam no habría querido oírlo, era un auténtico bombón.

Iba a desearle feliz cumpleaños cuando le sonó el móvil y entró en la casa para contestar. Era un amigo que le había organizado una cita a ciegas el fin de semana siguiente.

Cuando regresó al patio, todos habían entrado para ver una película o jugar a las cartas y ella estaba sola. Estaba resplandeciente y olía de maravilla. Jillian Novak era un dulce para sus ojos, esos ojos que Dillon y Pam le sacarían ni no se controlaba.

Todos sabían lo protectora que era Pam con sus hermanas. Igual que todos sabían que Aidan no se tomaba a las mujeres en serio. Como él no pensaba cambiar, lo mejor que podía hacer los tres días que iba a estar en casa era mantener las distancias.

«Entonces, ¿por qué has grabado su teléfono y le has dado el tuyo?».

Se dijo que había sido un momento de locura, del que se arrepentía. Lo bueno era que dudaba de que ella lo llamara para pedirle ayuda y él, por su parte, evitaría ponerse en contacto con ella.

Era un buen plan y lo iba a cumplir. Lo fantástico sería poder dejar de pensar en ella. Miró la revista médica que, supuestamente, estaba leyendo, e intentó concentrarse en la lectura. Minutos después había leído un artículo interesante y se disponía a empezar otro.

—¿Podrías hacerme un gran favor?

Aidan alzó la vista para mirar a su hermana Bayley. Había sido la bebé de la familia Westmoreland, pero eso había cambiado desde que Dillon y Pam tenían un hijo, y su hermano, Ramsey, y su esposa Chloe, una hija.

—Depende de qué favor sea.

—Le prometí a Jill que iría a montar con ella y le enseñaría la parte de Westmoreland que no ha visto aún. Pero me han llamado del trabajo y necesito que la acompañes tú.

—Enséñasela otro día —dijo él, seguro de que ir a montar a caballo con Jillian no era buena idea.

—Ese era el plan, pero no he conseguido contactarla. Habíamos quedado en El Lago de Gemma, y sabes la poca cobertura que hay allí. Ya está esperándome.

—¿No puedes pedírselo a otra persona?

—Lo he hecho, pero todos están ocupados.

–¿Y yo no? –Aidan frunció el ceño.

–No como los demás –apuntó Bailey–. Estás leyendo una revista.

Él sabía que no serviría de nada decirle a Bailey que su lectura era importante. Se trataba de una investigación médica sobre el uso de ojos biónicos para recuperar la visión.

–Bueno, ¿lo harás?

–¿Seguro que no puede hacerlo nadie más? –cerró la revista y la dejó a un lado.

–Seguro. Y ella está deseando verlo todo. Ahora este es su hogar y…

–¿Su hogar? Está fuera, estudiando, casi todo el tiempo.

–También tú, Adrian, Stern y Canyon, y este sigue siendo vuestro hogar.

Decidió no discutir. A veces su hermana menor era capaz de leerlo como un libro abierto y no quería que lo hiciera en ese caso. No tardaría en adivinar que incluía un capítulo dedicado a Jillian.

–De acuerdo.

–Pon un poco de entusiasmo, ¿vale? Has sido bastante distante con Jillian y sus hermanas desde que Dillon se casó con Pam.

–Eso no es verdad.

–Sí que lo es. Deberías dedicar algo de tiempo a conocerlas. Ahora son parte de la familia. Además, tú y Jill vais a ser médicos algún día, así que tenéis un interés en común.

Él tenía la esperanza de que sus intereses comunes no fueran a más. Iba a centrarse en ello.

Capítulo Dos

Jillian oyó a un jinete acercarse y se dio la vuelta, utilizando la mano a modo de visera para protegerse del sol. Se dio cuenta de inmediato de que quien llegaba no era Bailey.

Cuando el corazón se le desbocó en el pecho, supo que era Aidan. Se preguntó qué hacía él allí y dónde estaba Bailey.

Jillian inspiró profundamente mientras Aidan y su caballo se acercaban. Intentó no fijarse en lo derecho que iba sobre la silla y en lo atractivo que estaba montado a caballo. Intentó no admirar, boquiabierta, lo bien que le quedaban el sombrero, la camisa, los vaqueros y las botas que lo convertían en la viva estampa de un vaquero.

–Aidan –dijo, echando la cabeza hacia atrás para mirarlo a la cara.

–Jillian –la saludó con la cabeza.

La expresión irritada y el tono cortante de su voz le hicieron pensar que estaba molesto por algo. Se preguntó si estaba en una zona de Westmoreland que estaba vetada por alguna razón.

–Estoy esperando a Bailey –dijo, a modo de explicación–. Vamos a dar una vuelta a caballo.

–Sí, esos eran tus planes.

–¿Eran? –ella enarcó una ceja.

–Bailey ha intentado localizarte, pero no tienes cobertura. La han llamado del trabajo y me ha pedido que ocupe su lugar.

–¿Su lugar?

–Sí, su lugar. Me ha dicho que querías visitar Tierra Westmoreland.

–Quería, pero…

–Pero ¿qué? –clavó en ella sus ojos oscuros.

Jillian se metió las manos en los bolsillos de los vaqueros. No podía decirle que no estaba dispuesta a ir con él a ningún sitio. Apenas podía pasar unos minutos con él sin deshacerse, como estaba haciendo en ese momento. Sentía una bola de fuego en el estómago. Aidan Westmoreland era tan sexy que la llevaba al borde de la locura.

–¿Jillian?

–¿Sí? –parpadeó. El sonido de su voz era como una caricia para su piel.

–Pero ¿qué? ¿Tienes algún problema con que sustituya a Bailey?

Sin duda tenía un problema con que sustituyera a Bailey, pero no iba a reconocerlo.

–No, ningún problema –mintió sin parpadear–. Sin embargo, creo que tú sí. Sin duda tienes cosas mejores que hacer con tu tiempo.

–La verdad es que no –se encogió de hombros–. Además, es hora de que empecemos a conocernos mejor.

Ella se preguntó por qué sentía un cosquilleo por todo el cuerpo con solo oír sus palabras.

–¿Por qué tenemos que conocernos mejor?

Él se echó hacia atrás y ella no pudo evitar fijarse en los largos dedos que sujetaban las riendas. No podía evitar imaginarse esos mismos dedos acariciándole el pelo, los brazos, recorriendo su cuerpo desnudo. Contuvo un escalofrío.

–Hace cuatro años que Dillon se casó con Pam y todavía no sé mucho de ti y de tus hermanas –dijo él, poniendo fin a sus fantasías–. Somos familia, y los Westmoreland damos mucha importancia a eso. No he pasado suficiente tiempo en casa para conoceros a ti, a Paige y a Nadia.

Que nombrara a sus hermanas le restó importancia a la aseveración anterior. No se había referido solo a ella. Tendría que sentirse agradecida por eso, pero no lo estaba.

–Yo, por los estudios, tampoco he venido mucho, pero podemos conocernos en otro momento. No tiene por qué ser hoy –no estaba segura de poder soportar su cercanía. Hasta su viril aroma le parecía abrumador.

–Hoy es tan buen día como cualquier otro. Mañana vuelvo a Boston. Tal vez no volvamos a vernos hasta que vengamos a casa en Navidad. Mejor hacerlo ya y quitárnoslo de encima.

Ella tenía la sensación de que se sentía obligado a conocerla y eso la ofendía.

–No me hagas favores –le espetó. Sentía el pulso acelerado.

–¿Perdona? –parecía sorprendido.

–No tenemos que quitarnos nada de encima. Es

obvio que Bailey te ha convencido para hacer algo que no deseas hacer. Puedo ver el resto de Tierra Westmoreland sola –dijo. Desató a la yegua y montó–. No necesito tu compañía, Aidan.

Él se cruzó de brazos sobre el pecho y, por la tensión de su mandíbula, Jillian supo que no le había gustado su comentario.

–Odio decirte esto, Jillian Novak, pero tendrás mi compañía la quieras o no.

Aidan clavó los ojos en los de Jillian y tuvo la sensación de que estaban librando una batalla. No sabía si de voluntad, deseo, pasión o lujuria. Se frotó el rostro. Prefería que no fuera ninguna de esas cosas, pero tenía la sensación de que, en ese momento, ambos luchaban por ganar. Era obvio que a Jillian no le gustaba que le dieran órdenes.

–Mira –dijo–, estamos perdiendo el tiempo. Tú quieres ver la tierra y yo no tengo nada mejor que hacer. Te pido disculpas si antes soné brusco, no pretendía darte la impresión de que me siento obligado a guiarte o a conocerte.

No tenía por qué decirle que Bailey le había pedido que fuera amable con Jillian y sus hermanas. Desde su punto de vista, siempre había sido cordial, y con eso bastaba. Acercarse demasiado a Jillian no era buena idea. Sin embargo, había sido él quien había sugerido que lo llamara si necesitaba ayuda para preparar los exámenes de acceso a la universidad. Un gran error.

Ella lo estudió un momento y él sintió algo extraño en la boca del estómago. Fue mucho más fuerte que la tensión que había experimentado en la entrepierna al verla subirse al caballo. Había tenido que inspirar con fuerza mientras luchaba contra el deseo sexual. Incluso en ese momento, con los bellos labios fruncidos en un mohín, hacía que ardiera por dentro. Sabía que se había metido bajo su piel, y también cómo sacársela del sistema.

Pero el modo de hacerlo no era una opción. No, si valoraba su vida.

–¿Estás seguro de esto?

Él no estaba seguro de nada que tuviera que ver con ella. Tal vez la razón de su atracción, además de su deslumbrante belleza, fuera que no la conocía demasiado bien. Tal vez cuando lo hiciera, descubriría que no le gustaba en absoluto.

–Sí, estoy seguro, vamos –dijo él, azuzando al caballo para que se acercara al de ella–. Hay mucho que ver, así que espero que sepas montar.

–No se me da mal –dijo ella con una sonrisa que realzó la carnosidad de su boca. Llevó a la yegua a medio galope y, segundos después, mientras él la miraba con admiración, hizo que saltara un arroyo.

Aidan rio para sí. No es que no se le diera mal, se le daba de maravilla.

Jillian bajó el ritmo y volvió la cabeza. Aidan había conseguido hacer el mismo salto que ella. Aunque la impresionó su destreza, no la sorprendió; Dillon siempre decía que todos sus hermanos y primos eran excelentes jinetes.

–Eres buena –dijo él, cuando llegó a su lado.

–Gracias –le sonrió–. Tú tampoco lo haces mal.

Él echó la cabeza hacia atrás y soltó una carcajada que resonó en el aire y también en el cuerpo de ella. Lo había visto sonreír antes, pero nunca reírse con ganas.

–No, no lo hago mal. De hecho, durante un tiempo quise dedicarme a los rodeos.

–¿Dillon te hizo cambiar de opinión?

–No, él no habría hecho eso –movió la cabeza, sonriente–. Una de las normas de Dillon siempre fue que eligiéramos nuestros objetivos en la vida. Al menos, lo fue para todos menos para Bane.

Ella había oído la historia del primo de Aidan, Brisbane Westmoreland, a quien todos llamaban Bane. Sabía que Dillon había animado al menor de sus hermanos a hacerse militar. O eso, o acabar en la cárcel por los problemas que había causado. Bane había elegido unirse a la Marina. Jillian solo lo había visto dos veces en los cuatro años que Pam llevaba casada con Dillon.

–¿Y qué te hizo cambiar de opinión acerca de dedicarte al rodeo? –preguntó ella, poniendo a la yegua al paso.

–Mi hermano Derringer. Hizo el circuito de rodeos dos veranos, tras graduarse en el instituto. Tuvo una mala caída y nos dio a todos un susto de muerte. La idea de perder a otro miembro de la familia me hizo recuperar el sentido común; supe que no podía hacer que mi familia pasara por eso.

Ella asintió. Sabía que había perdido a sus padres y a sus tíos en un accidente de avión, lo que había dejado a Dillon, el mayor, a cargo de todos.

–Derringer y algunos de tus primos y hermanos son propietarios de un negocio de adiestramiento de caballos, ¿verdad?

–Sí, y va bien. No estaban hechos para trabajar en la empresa familiar, así que decidieron perseguir su sueño de dedicarse a los caballos. Intento ayudarlos siempre que vengo a casa, pero se apañan de maravilla sin mí. Varios de sus caballos han ganado premios importantes.

–Ramsey también renunció a su puesto de director ejecutivo, ¿verdad? –preguntó, refiriéndose a su hermano mayor.

–Sí. Ramsey se licenció en Agricultura y Economía. Siempre quiso dedicarse a criar ovejas, pero cuando mis padres, mi tío y mi tía murieron en el accidente, supo que Dillon necesitaría ayuda en Blue Ridge.

Jillian sabía que Administración de Fincas Blue Ridge era una importante empresa que el padre y el tío de Aidan habían creado años antes.

–Pero al final consiguió cumplir su sueño, ¿no?

–Sí –asintió Aidan–. Cuando Dillon lo convenció de que podía manejar la empresa sin él. El rancho de ovejas de Ramsey va muy bien.

A Jillian le gustaba Ramsey. De hecho, le gustaban todos los Westmoreland que había conocido.

Cuando Pam se había casado con Dillon, la familia la había acogido, y a todas sus hermanas, con los brazos abiertos. Había descubierto que algunos eran más extrovertidos que otros, pero también que todos ellos estaban muy unidos.

–¿Cómo aprendiste a montar tan bien? –preguntó él.

–Por mi padre. Era fantástico. Opinaba que había cosas que debíamos aprender, y manejar un caballo era una de ellas –dijo Jillian, recordando el tiempo que había pasado con su padre y cuánto lo había disfrutado–. Supongo que vio potencial en mí, porque me envió a la escuela de equitación. Competí a nivel nacional hasta que él enfermó. Necesitábamos el dinero para pagar las facturas médicas y su tratamiento.

–¿Lamentas haberlo dejado?

–No –movió la cabeza–. Me gustaba, pero me importaba más que papá recibiera los mejores cuidados, a todas nos importaba eso más que nada –aseveró.

–Hemos llegado.

Ella miró alrededor y admiró las vistas. Dillon, el mayor, había heredado la casa principal y los trescientos acres que la rodeaban. Todos los demás, al cumplir los veinticinco años, recibían cien acres de tierra. La zona que visitaban tenía partes limpias y otras cubiertas de denso follaje. Pero lo que quitaba el aliento era la vía fluvial de agua que, al bifurcarse, daba lugar a un lago enorme. Lago Gemma, en honor a la bisabuela de Aidan.

–Esto es precioso. ¿Dónde estamos?

–En mi tierra. Refugio Aidan –repuso él, sonriente.

Ella decidió que Refugio Aidan le iba de maravilla. Se lo imaginaba construyendo su casa en esa tierra, cerca del agua. Aunque en ese momento parecía un vaquero, podría transformarse en capitán de barco sin esfuerzo.

–Refugio Aidan. Es un buen nombre. ¿Cómo se te ocurrió?

–No fue a mí. Se le ocurrió a Bailey. Ella nombró todas las parcelas de cien acres. Por ejemplo, la Red de Ramsey, la Mazmorra de Derringer, la Guarida de Zane, la Gema de Gemma y los Prados de Megan.

Jillian había visitado esas zonas y las fantásticas casas que habían construido en ellas. Algunas eran estilo rancho, de una planta, y otras eran mansiones con varias alturas.

–¿Cuándo piensas construir?

–Tardaré aún. Después de la facultad trabajaré y viviré fuera, porque la especialidad de cardiología requiere seis años de residencia.

–Pero, antes o después, este será tu hogar.

–Sí, Tierra Westmoreland siempre será mi hogar –afirmó él, pensativo.

Jillian siempre había creído que se establecería en Gamble, Wyoming, donde estaban sus amigos. Pero tras la boda de Pam y Dillon, todo había cambiado. Paige, Nadia y ella estaban muy unidas a su hermana mayor y habían decidido dejar Wyoming para vivir cerca de ella. Nadia cursaba el último año de instituto allí, en Colorado; y Paige estudiaba en la universidad de Los Ángeles.

–¿Y tú? ¿Piensas volver a Gamble, Jillian?

–No. Nadia, Paige y yo hablamos hace unas semanas y vamos a sugerirle a Pam que venda la casa. Creemos que no lo ha hecho aún para que sea parte de nuestra herencia.

–¿Y no queréis que lo sea?

–Ahora vemos Dénver como nuestro hogar. Al menos, Nadia y yo; Paige espera que su carrera de actriz despegue en Los Ángeles. Pam ya ha hecho mucho por nosotras y no queremos que siga costeando nuestros estudios y gastos, preferimos usar el dinero de la venta de la casa.

–Vamos a dar un paseo. Te enseñaré esto antes de llevarte a Cala Adrian –Aidan desmontó y ató su caballo a un árbol antes de ayudarla a ella.

En cuanto la tocó, Jillian sintió el despertar de cada uno de sus poros. A juzgar por su mirada, a Aidan le ocurría lo mismo. Era una sensación nueva y desconocida para Jillian. Su breve encuentro amoroso con Cobb Grindstone tras el baile de graduación del instituto había paliado su curiosidad, pero había dejado mucho que desear.

Cuando sus pies tocaron el suelo, oyó un gemido escapar de la garganta de Aidan. Entonces, resultó obvio que los había atrapado una atracción carnal tan intensa que quitaba el aire.

Sintió la presión de su mano en la cintura, y Aidan le posó la boca en la suya.

Capítulo Tres

Todo tipo de sentimientos invadieron a Aidan al sentir esos labios en los suyos. En el centro de su ser sintió una intensa llamarada que descendió hacia su sexo.

Sabía que tenía que detenerse. Ella no era cualquier mujer, era Jillian Novak, la hermana de Pam. La cuñada de Dillon. Una mujer que se había convertido en parte de la familia Westmoreland. A pesar de todo, lo único que su mente procesaba era que el deseo le arañaba las entrañas y le llenaba de excitación cada una de las células.

En vez de hacer caso al sentido común, se sentía cautivado por su dulce aroma y su increíble sabor, perdido en las caricias de su lengua, atrevidas e inocentes a un tiempo. La sentía exquisita en sus brazos, como si estuviera hecha para ellos. Quería más, quería besarla de arriba abajo. Saborearla. Tentarla con sugerencias pecaminosas.

La falta de aire le hizo liberar sus labios pero, de inmediato, deseó volver a saborearla.

La mirada atónita de Jillian le indicó que necesitaba tiempo para entender lo que acababa de ocurrir. Ella dio un paso atrás e inspiró con fuerza.

—No tendríamos que haber hecho esto.

Aidan no podía creer esa queja, cuando su cuerpo aún irradiaba calor. Los dedos le ardían por tocarla y devorarle la boca de nuevo. No sabía por qué esos carnosos labios lo atraían tanto.

–Entonces, ¿por qué lo hemos hecho? –replicó él. Había dado el primer paso, pero ella había respondido con entusiasmo. Su respuesta no mentía. Había disfrutado del beso tanto como él.

–No sé por qué, pero no podemos hacerlo más.

–¿Por qué no?

–Sabes por qué –él arrugó la frente–. Tu primo está casado con mi hermana.

–¿Y?

–Y no podemos hacerlo otra vez –se puso las manos en las caderas–. Conozco tu reputación de mujeriego, Aidan.

–¿Ah sí? –sus palabras lo irritaron.

–Sí. Y no estoy interesada. Lo único que me interesa es entrar en la facultad de Medicina. Es lo único que ocupa mi mente.

–Y lo único que ocupa la mía es salir de la facultad –contraatacó él en tono seco–. Que Dillon esté casado con Pam no cambia las cosas. Sigues siendo una mujer bella y yo un hombre que se fija en eso. Pero, como sé cómo está la situación, me aseguraré de que no se repita.

–Gracias.

–De nada. Me alegra haber aclarado eso. Ahora puedo seguir enseñándote la finca.

–No estoy segura de que sea buena idea –se apartó un mechón de pelo de la cara.

–¿Por qué no? ¿No te crees capaz de controlarte estando conmigo? –preguntó él, sonriendo.

–Créeme, no es el caso –dijo ella, lanzándole una mirada airada.

–Entonces, no hay razón para no seguir con la visita, ¿verdad, Jillian? Además, Bailey me echará la bronca si no la hacemos. Queda mucho terreno por cubrir, así que será mejor que empecemos.

Comenzó a caminar junto al río, suponiendo que Jillian lo alcanzaría antes o después.

Jillian decidió quedarse atrás un momento para recuperar la calma. No sabía por qué había dejado que la besara, ni por qué había disfrutado tanto.

Tenía la sensación de que su boca no volvería a ser la misma tras ese beso.

Nadie la había besado así antes. Pero, por agradable que hubiera sido el beso de Aidan, había hecho bien diciéndole que no se repetiría. No quería enredarse con un tipo cuyo deporte favorito era tener aventuras. No sabía por qué se había dejado llevar.

Más de una vez había oído a Dillon decirle a Pam que dudaba de que los gemelos llegaran a casarse, porque eran muy mujeriegos. Eso suponía que el interés de Aidan por ella se debía a un exceso de testosterona. Pam la había prevenido a menudo contra los hombres que no la respetaran, y la decepcionaría mucho que cayera en las redes de un hombre como Aidan.

Convencida de haber recuperado el sentido común, empezó a andar. Mientras iba hacia él, admiró su físico. Piernas musculosas, trasero prieto, cintura estrecha y hombros anchos. Sus andares eran seductores y con cada paso que daba hacía que a ella se le acelerase el corazón.

Momentos después, él redujo el paso y se volvió para clavarle su mirada oscura. Se preguntó si había percibido cómo examinaba su trasero y deseó que no fuera el caso. Era un hombre impresionante; no era extraño que se llevara a las mujeres de calle.

—¿Vienes?

«Iré, pero más te vale dejar de mirarme así», pensó Jillian, acercándose. Sentía el calor de su mirada en todo el cuerpo. Para evitarla, se centró en el paisaje.

—Desde aquí se ven las montañas y el lago, es una vista preciosa —dijo.

—Lo sé. Por eso pienso construir mi casa justo aquí.

—¿La has diseñado ya?

—No. Aún tardaré varios años en construir, pero vengo aquí a menudo y pienso en ello. La casa será lo bastante grande para mi familia y para mí.

—¿Piensas casarte? —ella giró la cabeza.

—Sí, algún día —soltó una risa suave—. ¿Te sorprende?

—Sí. Conozco tu reputación —dijo ella, sincera.

—Es la segunda vez que mencionas mi reputación. ¿Qué es lo que has oído decir de mí?

–He oído hablar de lo gamberros que erais Adrian, Bailey, Bane y tú.

–Lo éramos –asintió él, solemne–. Pero eso fue hace mucho tiempo, y nos arrepentimos de nuestras acciones. Cuando crecimos y comprendimos el impacto que tuvieron para la familia, les pedimos perdón uno a uno.

–Seguro que lo entendieron. Erais casi unos niños y teníais motivos para portaros así –dijo ella–. Siento haberlo mencionado –se disculpó ella.

–No importa. Así son las cosas –se encogió de hombros–. Los cuatro llevamos años intentando poner fin a la reputación que nos forjamos. Pero estoy seguro de que no te referías a eso.

–Cierto. He oído que te gustan las mujeres.

–Como a la mayoría de los hombres –rio él.

–Lo que quiero decir es que te gustan, pero no te importan sus sentimientos. Les rompes el corazón sin pensar en el dolor que causas.

–¿Es eso lo que has oído? –preguntó él, escrutando su rostro.

–Sí. ¿Y ahora quieres que crea que te planteas casarte y crear una familia algún día?

–Sí. Una cosa no tiene que ver con la otra. Lo que hago ahora no tiene por qué afectar a mis planes de futuro. Y te aclararé que yo no busco romperle el corazón a ninguna mujer. Siempre que salgo con una le digo la verdad: que convertirme en médico es mi prioridad. Si opta por no creerme y supone que me hará cambiar de opinión, no es culpa mía que sufra al descubrir lo contrario.

–En otras palabras…

–En otras palabras, Jillian, yo no busco engañar ni herir a ninguna mujer –la cortó él, brusco.

Ella sabía que lo mejor sería dejarlo así, pero le resultaba imposible controlarse.

–Sin embargo, admites que sales con muchísimas mujeres.

–Sí, lo admito. ¿Por qué no? Soy soltero y no busco una relación seria por el momento. Creas lo que creas, no salgo con tantas. La facultad de Medicina no me deja mucho tiempo libre.

En realidad, a Jillian la sorprendía que pudiera tener citas, debía de ser un hombre ocupadísimo. Ella había descubierto que las relaciones exigían mucho trabajo y tiempo, de los que no disponía. Era obvio que no tener relaciones serias le facilitaba las cosas. Al menos, había sido honesto. Salía con mujeres para divertirse y no se enamoraba de ellas.

–Tengo otra pregunta, Aidan –dijo ella, tras tomar aire–. Si es verdad que no quieres ir en serio con ninguna mujer, ¿por qué me has besado?

Era una buena pregunta, que él no quería contestar. Pero ella se merecía una respuesta, sobre todo después de cómo había devorado su boca. Tenía veintiún años, cinco menos que él. Aunque había estado a la altura del beso, sabía que entre ellos había un mundo de diferencia en cuanto a experiencia sexual.

–¿Por qué me has devuelto el beso?

–Esa no es la cuestión.

–Te he besado porque sentía curiosidad, Jillian –no pudo evitar sonreír–. Creo que tienes unos labios preciosos y quería saborearlos. Era algo que llevaba tiempo queriendo hacer.

Ella se quedó boquiabierta. No había esperado una respuesta tan clara y directa. Él no endulzaba las cosas.

–Ahora que sabes por qué te he besado, ¿por que me has devuelto el beso.

Ella empezó a mordisquearse el labio inferior. Eso hizo que él anhelara volver a atrapar su boca para devorarla.

–Yo, yo estaba…

–¿Tú estabas…? –la animó él, arqueando una ceja.

–Yo también sentía curiosidad respecto a ti –respondió ella, lamiéndose los labios.

Él sonrió. Por fin estaban llegando a algo.

–Eso lo entiendo. Supongo que has preguntado por el beso porque te he dicho que no me van las relaciones serias con mujeres. Espero que sepas que un beso profundo no tiene nada que ver con una relación seria.

Por la expresión de su rostro, que ella borró de inmediato, supo que era exactamente lo que había pensado. Era más inexperta de lo que había supuesto, y se preguntó hasta qué punto. La mayoría de las mujeres de veintiún años que conocía llevaban el deseo, no el corazón, pintado en la cara.

–Claro que lo sé.

Él se preguntó por qué, si era así, estaban teniendo esa conversación. Si un beso le había hecho creer que buscaba algo serio, se equivocaba de medio a medio, y eso no tenía ninguna gracia.

–¿Cuántos novios has tenido?

–¿Disculpa?

Él no iba a disculparla. Había cosas que ella necesitaba saber.

–Te he preguntado cuántos novios has tenido. Antes de que me digas que no es asunto mío, te lo pregunto por una razón.

–No sé qué razón podrías tener para querer saber eso –alzó la barbilla, desafiante.

–Que puedas protegerte –dijo él. Jillian, con el pelo rizado por los hombros y la piel tersa e iluminada por el sol, le parecía adorable y sexy.

–¿De hombres como tú? –alzó una ceja.

–No. Los hombres como yo nunca te harían pensar que un beso es algo serio. Pero hay hombres que sí.

–¿Y no me crees capaz de defenderme?

–No como deberías –sonrió–. Pareces creer que podrás evitar los besos hasta que mantengas una relación seria, pero hay ciertos besos que no pueden evitarse –al ver que ella lo miraba con incredulidad, se explicó–. Por ejemplo, el beso que compartimos antes. ¿De veras crees que podrías haberlo evitado una vez que había empezado?

–Sí, claro que habría podido.

–¿Y por qué no lo hiciste?

–Ya te lo he dicho –hizo un gesto de hartazgo–. Permití que me besaras, y respondí al beso, por una única razón, la curiosidad.

–¿En serio?

–En serio –puso los ojos en blanco–. De verdad.

–Entonces, ¿ya no sientes curiosidad?

–No, en absoluto –negó con la cabeza–. Me preguntaba cómo sería besarte y ahora ya lo sé.

Él se apartó del árbol y fue hacia ella con la intención de demostrarle que se equivocaba.

–Quieto ahí, Aidan Westmoreland –lo previno, adivinando sus intenciones–. No te atrevas a pensar que puedes besarme otra vez.

Él siguió andando y se detuvo frente a ella, que se mantuvo firme, sin retroceder. Sin duda tenía valor, pero no iba a servirle de nada.

–Me atrevo porque no solo lo pienso, Jillian, lo sé. Y también sé que vas a devolverme el beso. Otra vez.

Capítulo Cuatro

Jillian no creía conocer a ningún hombre tan arrogante. Peor aún era que tuviera el descaro de estar ante ella con el Stetson echado hacia atrás y los brazos cruzados. ¿Cómo se atrevía a decirle que iba a devolverle el beso? ¿Lo creía de verdad?

Echó la cabeza hacia atrás para mirarlo fijamente. Él le sostuvo la mirada un momento. Después la miró lentamente de arriba abajo. Ella sintió una oleada de deseo correrle por las venas. No sabía de dónde salían las emociones que estaba sintiendo.

—¡Déjalo ya!

—¿Dejar el qué?

—Lo que sea que estás haciendo.

—¿Es que crees que soy el responsable de tu respiración agitada? ¿De cómo se te han tensado los pezones bajo la blusa? ¿Y del cosquilleo que sientes en la lengua, que anhela unirse a la mía?

Todo lo que había dicho estaba ocurriendo, pero ella se negaba a admitirlo.

—No tengo ni idea de qué estás hablando —alegó, cruzando los brazos sobre el pecho.

—Entonces supongo que estamos en punto muerto.

–No –dijo ella, dejando caer los brazos–. Me voy. Puedes jugar a esta tontería con otra persona.

Giró para irse, pero cuando él le tocó el brazo, sintió pinchazos de fuego. No entendía el pulso hambriento que sentía entre los muslos. Soltó el aire lentamente. No habría podido negar la sensación aunque hubiera querido.

–Lo sientes, ¿verdad, Jillian? Es una locura, lo sé, y no puedo explicarlo, pero lo noto cada vez que estoy a unos pasos de ti. Desde mi punto de vista, Pam y Dillon son el menor de nuestros problemas. Descubrir qué demonios nos ocurre debería ser lo primero en la lista. Puedes negarlo cuanto quieras, pero no ayudará. Tienes que admitirlo, tal y como he hecho yo.

Una parte de ella sabía que era peligroso admitir que sentía lo mismo que él. Pero otra parte sabía que tenía razón. A veces, era mejor admitir que había un problema y enfrentarse a él. Si no lo hacía, pasaría toda la noche despierta arrepintiéndose de su silencio.

–Lo que quiera que sea, hace que desee saborearte y que tú me saborees –su mano subió lentamente hacia su boca y se posó en ella–. Hace que desee lamerte la boca y que tú lamas la mía.

Hizo una pausa y soltó un suspiro de frustración que hizo que ella comprendiera que también había intentado luchar contra lo que fuera que había entre ellos. Pero se había rendido y estaba dispuesto a pasar al siguiente nivel.

–Necesito tu sabor, Jillian –dijo.

A su pesar, ella necesitaba saborearlo a él. Solo una vez más. Después, montaría a caballo y se iría al galope, como si la persiguieran todos los diablos. Pero, antes, necesitaba un beso tanto como respirar.

Lo vio bajar la cabeza y se preparó para el momento del contacto. Incluso entreabrió los labios con anticipación. La boca de él se movía. Susurraba algo, pero ella, hipnotizada por el erótico movimiento de sus labios, no lo oía. En el momento en que tocaron los suyos, supo que no tenía la menor intención de rechazarlo.

Nada podría haber preparado a Aidan para el placer que irradió su cuerpo. Lo excitaba como ninguna otra mujer. En vez de analizar el misterio, enterró los dedos en su pelo para sujetarla mientras sus bocas se unían.

Ella se dejaba guiar, usando la lengua con la misma intensidad y hambre con la que lo hacía él. Todo era cuestión de saborear, y ambos lo hacían con tanta avaricia que él se notaba arder.

Sentía las llamas en cada poro, en cada nervio. Bajó la mano de su pelo y se la puso en la cintura. Sin abandonar su boca, la llevó hacia el árbol en el que había estado apoyado poco antes. Cuando ella sintió el tronco contra la espalda, abrió los muslos y él se colocó entre ellos.

Sintiendo un camino de fuego recorrerle la espalda, él profundizó el beso como si le fuera la vida en ello. Demasiado pronto, en su opinión, tuvieron que parar para respirar.

Intentó no fijarse en su boca cuando ella inhaló profundamente. Dio un paso atrás para no rendirse a la tentación de besarla otra vez. No estaría satisfecho hasta probar el sabor de otras partes de su cuerpo. Y después desearía hacerle el amor allí mismo. En el lugar donde planeaba construir su casa. Maldijo para sí y, frustrado, se frotó la cara.

–Creo que necesitamos seguir –dijo ella.

Él la miró. Era tan bella que el deseo volvió a dispararse. Rindiéndose, dio un paso adelante, inclinó la cabeza e introdujo la lengua en su boca. Su sexo se tensó cuando ella le capturó la lengua y empezó a succionarla. Él interrumpió el beso.

–¡Jillian! –jadeó–. Estás buscando problemas. Estoy a dos segundos de tumbarte en el suelo y penetrarte –la imagen casi lo superó.

–Te dije que deberíamos irnos. Has sido tú quien me ha besado otra vez.

–Y tú me has devuelto el beso –él sonrió–. Ahora entiendes a qué me refería cuando dije que algunos besos no se pueden evitar. Al principio no querías besarme, pero después sí.

–Me sedujiste –arrugó la frente–. Hiciste que deseara besarte.

–Sí, las dos cosas –su sonrisa se amplió.

–Entonces, ¿esto ha sido una especie de lección?

–En absoluto. Te dije que quería saborearte. He disfrutado haciéndolo.

–Esto no puede convertirse en un hábito, Aidan.

–Y no pretendo que lo sea, créeme. Mi curiosidad ha quedado más que satisfecha.

–La mía también. ¿Estás listo para enseñarme otras zonas de Tierra Westmoreland?

–Sí.

Retrocedió para darle espacio. Cuando pasó a su lado, sintió la tentación de rodearla con los brazos y besarla hasta hartarse. Pero tenía la sensación de que el hartazgo era imposible, y eso era algo que no estaba dispuesto a aceptar.

–¿Qué tal fue la excursión con Aidan ayer?

Jillian alzó la cabeza cuando Bailey se sentó frente a ella en la mesa de la cocina. Un rato antes, mientras desayunaban, Pam le había hecho la misma pregunta. Le había costado mantener una expresión seria entonces, y en ese momento le costaba aún más.

–Fue bien. Tierra Westmoreland es enorme. Incluso vi tu propiedad.

–No será mía hasta que cumpla los veinticinco, así que aún faltan un par de años. Pero cuando lo haga, pienso construir la casa más grande de todas. Incluso más grande que esta.

Jillian pensó que eso sería todo un reto, porque la casa de Dillon y Pam era enorme.

–Eso me encantaría verlo –a Jillian le gustaba Bailey desde el día en que había pisado Tierra

Westmoreland por primera vez. Como Bailey era solo un par de años mayor que ella, habían congeniado de inmediato–. ¿Y qué ocurrirá si te casas con un tipo que quiera llevarte a otro sitio?

–Eso no ocurrirá porque no existe el hombre que pueda hacerlo. Nací aquí y aquí moriré.

Jillian pensó que Bailey sonaba muy segura de eso. Pero ella había sentido lo mismo respecto a Wyoming en otro tiempo. No había sido un hombre quien la había hecho cambiar de opinión, había sido el pensar en cuánto le costaría a Pam pagar la universidad de tres hermanas. Aunque su hermana mayor se había casado con un hombre muy rico.

–Además –siguió Bailey–, pienso seguir soltera para siempre. Cinco hermanos y siete primos mandones son más que suficiente. No necesito otro hombre en mi vida que quiera decirme lo que debo hacer.

Jillian sonrió. Le había costado creer las historias de los problemas que había dado Bailey cuando era más joven. Sentada frente a ella veía a una mujer bella y segura de sí misma que sabía lo que quería.

–Espero que Aidan fuera amable y no te causara problemas.

–¿Por qué dices eso? –Jillian enarcó una ceja.

–Aidan tiene sus rarezas.

–¿En serio?

–Sí, pero si no notaste nada, supongo que se portó bien.

Ella no había notado rarezas, pero sí su sensualidad. Incluso tras limpiarse los dientes dos veces, enjuagarse la boca y disfrutar del desayuno de Pam, el sabor de él seguía grabado en su lengua. Y le gustaba.

–Sí –dijo, sabiendo que Bailey esperaba una respuesta–. Me pareció muy amable.

–Me alegro. Le dije que tenía que intentar conoceros mejor a ti y a tus hermanas, dado que apenas viene a casa. Ahora somos familia.

Las palabras de Bailey le recordaron por qué lo ocurrido el día anterior no podía repetirse. Tenían vínculos familiares. Y los parientes no andaban por ahí besándose. Se preguntó por qué, habiendo tantos hombres en el mundo, tenía que sentirse atraída precisamente por un Westmoreland.

–¿Adónde te llevó además de a Bahía Bailey?

«Al paraíso y de vuelta», estuvo a punto de decir.

–Primero estuvimos en Refugio Aidan.

–¿No es una maravilla? Esa es la tierra que yo quería al principio, porque está junto a Lago Gemma. Pero luego me di cuenta de que tanta agua supondría mucho trabajo. El sitio que Aidan ha elegido para construir es perfecto; tendrá unas vistas preciosas de la montaña y el lago desde cualquier habitación.

Jillian asintió. Prefería no pensar que la esposa y los hijos de Aidan vivirían allí algún día.

–También vi Cala Adrian. De allí fuimos a Bahía Bailey, Peñasco Canyon y Fuerte Stern.

–¿Te gustan los nombres?

–Sí, y he oído que todos fueron idea tuya –Jillian sonrió.

–Sí. Ser la pequeña de la familia tiene sus ventajas. Incluido cambiar de cama y dormir en la casa que quiera. Antes vivía con Dillon todo el tiempo, pero cuando se casó decidí prodigarme y probar las casas de mis hermanos y primos. Me encanta volverlos locos, sobre todo cuando uno de ellos lleva a su novia a casa.

Jillian no pudo evitar reírse. Aunque no habría cambiado a sus hermanas por nada, tenía que ser divertido tener hermanos y primos a los que irritar.

–¿Qué te hace tanta gracia?

El corazón de Jillian se saltó un latido al oír esa voz. Aidan estaba apoyado en el umbral de la cocina, con vaqueros y camisa ajustada, estaba demasiado sexy para su paz mental. No pudo evitar estudiar su rostro. Era obvio que acababa de levantarse. Los ojos oscuros y penetrantes del día anterior parecían adormilados. Una sombra oscura en su mentón indicaba que aún no se había afeitado. Si ese era su aspecto por la mañana, la encantaría despertarse con él.

–Pensaba que ya te habrías ido a Boston –dijo Bailey, levantándose para darle un abrazo. Jillian deseó poder hacer lo mismo.

–No me iré hasta mañana.

–¿Por qué has cambiado de planes? –preguntó Bailey, sorprendida–. Sueles tener prisa por volver.

–No estaba listo para volver aún. Nada grave.

–Ah –Bailey miró a su hermano con suspicacia–. Tengo la sensación de que tiene algo que ver con una mujer. Sé que Adrian, Stern y tú no volvisteis hasta muy tarde ayer.

Jillian desvió la mirada y tomó un sorbo de zumo de naranja. El pinchazo que había sentido no podía deberse a los celos. Pero se preguntó si, después de besarla hasta quitarle el sentido, había pasado la noche besando a otra mujer.

–No te metas en mis asuntos, Bay –dijo Aidan–. ¿Qué es lo que te parece tan gracioso, Jillian?

–Nada –dijo Jillian, tras tomar aire.

–En otras palabras, Aidan, no te metas en sus asuntos –Bailey soltó una risita.

Jillian oyó su gruñido masculino mientras él cruzaba la habitación para llegar a la cafetera.

–Bueno, odio irme corriendo pero le prometí a Megan que cuidaría su casa unas horas. Gemma está decorándola antes de irse a Australia, así que ha enviado a su equipo a colgar cortinas nuevas.

Megan y Gemma eran las hermanas de Bailey y Aidan, y a Jillian le caían de maravilla.

–Tú te quedas hasta mañana, ¿verdad? –le preguntó Bailey a Jillian.

–Sí.

–Entonces, tal vez Aidan pueda enseñarte las zonas de Tierra Westmoreland que no viste ayer.

–No es problema –dijo Aidan–. Hoy no tengo otra cosa que hacer. ¿Cuándo quieres que salgamos? –preguntó. Ella tragó aire saliva al oírlo.

Capítulo Cinco

Aidan no podía evitar mirarle a los ojos a Jillian. Le parecían más bonitos que los de cualquier mujer, incluidas todas la que se habían lanzado a sus pies la noche anterior.

–No iré a ningún sitio contigo, Aidan. Además, estoy segura de que haberte quedado en Dénver un día más no tiene nada que ver conmigo.

Estaba muy equivocada. Tenía todo que ver con ella. La noche anterior había pasado tres horas en un club, rodeado de mujeres guapas, y solo había podido pensar en la que consideraba la más bella de todas.

De repente, se le ocurrió la posibilidad de que estuviera celosa.

En vez de contestar, por miedo a decir algo erróneo, se dio la vuelta y volvió a llenar la taza de café. Después cruzó la habitación y se sentó frente a ella. De inmediato, captó su nerviosismo.

–No muerdo, Jillian –dijo, antes de tomar un sorbo de café.

–Eso espero.

Él esbozó una sonrisa y dejó la taza en la mesa. Estiró el brazo y cerró los dedos sobre su muñeca.

–Créeme, prefiero besarte a morderte.

–¿Estás loco? –apartó la mano y miró por encima del hombro–. ¡Podría entrar cualquiera!

–¿Y?

–Si hubieran oído lo que acabas de decir, se habrían llevado la impresión equivocada.

–¿Y cuál crees que es la impresión correcta? –preguntó él, recostándose en la silla.

Tenía ganas de soltarle la cola de caballo y ver cómo el pelo le caía por los hombros. Después deslizaría los dedos por los espesos mechones negros. Al imaginar su suavidad, sintió un pinchazo de deseo sexual.

–No quiero dar ninguna impresión, Aidan. Ni correcta ni incorrecta.

Él tampoco quería, o al menos eso había creído. Lo cierto era que la mujer le estaba haciendo pensar locuras. Se frotó el rostro con la mano.

–Solo fue un beso, nada más –dijo ella.

Él se preguntó por qué le molestaba que pensara eso; él tendría que estar pensando lo mismo.

–Me alegra que pienses así –dijo, poniéndose en pie–. Vamos a montar a caballo.

–¿No has oído lo que he dicho?

–Has dicho mucho –sonrió–. ¿A qué parte te refieres en concreto?

–He dicho que no voy a ir a ningún sitio contigo –puso los ojos en blanco.

–Claro que sí. Saldremos a caballo porque si no Bailey pensará que he hecho algo terrible y te has enfadado conmigo. Y si me acusa tendré que confesarle la verdad: que no has ido a montar conmigo porque temías que intentara besarte otra vez. Un beso que tu disfrutarías.

—No harías eso.

—Créeme, lo haría. Confesar mis pecados me limpiará la conciencia pero, ¿limpiará la tuya? No estoy seguro, porque pareces muy empeñada en no causar impresiones, ni buenas ni malas.

Ella se quedó sentada, en silencio. Por lo visto, se había quedado sin habla, y era mejor dejarla a solas para que pensara.

—Nos veremos en el mismo sitio que ayer dentro una hora —dijo mientras metía su taza en el lavavajillas. Antes de salir de la cocina, se volvió hacia ella—. Para que lo sepas, Jillian, la razón de que no haya vuelto a Boston no tiene nada que ver con ninguna mujer que conociera anoche en el club, tiene todo que ver contigo.

Ni en sueños habría creído Jillian que cinco palabras pudieran impactarla tanto. Pero lo hicieron. Una hora después estaba en el mismo lugar que el día anterior, esperando a Aidan.

No sabía qué le estaba ocurriendo. Una relación con Aidan solo le causaría dolor; decepcionaría a su hermana, a su cuñado, al resto de la familia Westmoreland y también a sí misma.

En realidad, solo iban a dar un paseo a caballo, probablemente él intentaría robarle un par de besos y no habría más. Al día siguiente él volvería a Boston y ella a Wyoming.

Se dio la vuelta al oírlo acercarse. Su miradas se encontraron y ella se estremeció de placer. Estaba igual de guapo que el día anterior.

—Tenía la esperanza de que estuvieras aquí —dijo él deteniendo el caballo a un metro de ella.

—¿Pensabas que no vendría después de cómo me has amenazado?

—Supongo que no —dijo él, desmontando.

—¿Y no tienes remordimientos?

—He oído decir que confesar es bueno para el alma —se echó el sombrero hacia atrás para mirarla.

—¿Y qué habrías conseguido, Aidan?

—Decirlo habría servido para tranquilizar tu conciencia; es obvio que te preocupa que alguien pueda descubrir que siento atracción por ti y tú la sientes por mí.

Ella iba a negar sus palabras, pero decidió no perder el tiempo. Era verdad y ambos lo sabían.

—Un caballero no besa y lo cuenta.

—Tienes razón. Un caballero no besa y lo cuenta. Pero no me gusta la idea de que quites importancia a lo que ocurrió ayer.

—¿Qué más da eso cuando tampoco significó nada para ti? —Jillian lo miró fijamente, con los brazos en jarras.

La pregunta dejó atónito a Aidan. Sin duda era una buena pregunta, que no estaba seguro de poder contestar. Lo único que se le ocurría era que los besos no tendrían que haber significado nada para él, pero lo habían hecho. Había pasado las últimas veinticuatro horas pensando en ellos. Incluso había cambiado su plan de viaje para pasar más tiempo con ella.

Jillian seguía mirándolo, con los brazos cruzados bajo el pecho. La postura le realzaba los senos, llenos y bien formados. Se imaginaba deslizando las manos por ellos, jugando con sus pezones antes de atraparlos con la boca y...

–¿Y bien?

Ella quería una explicación y él solo quería acortar la distancia que los separaba, tomarla entre sus brazos y besarla. Por desgracia, sabía que no se conformaría con eso. Lo supiera ella o no, el sabor de Jillian Novak le hacía desear más.

–Venga, montemos –dijo, yendo hacia el caballo. No quería hacer nada de lo que pudiera arrepentirse más adelante.

–¿Montemos? –siseó ella–. ¿Eso es cuanto tienes que decir?

–De momento, sí –dijo él, subiendo al caballo.

–Nada de esto tiene sentido, Aidan –protestó ella, montando también.

Él pensó que en eso tenía razón. Nada tenía sentido. Era como un imán que lo atraía, y no sabía por qué se estaba dejando atraer.

–¿Adónde vamos? –preguntó ella, cuando llevaban unos minutos cabalgando en silencio.

–A Ponderosa Bane.

–¿Ha construido algo ya?

–No, porque legalmente no le pertenece aún. No puede reclamarla hasta cumplir los veinticinco.

–Como Bailey. Ella me contó lo del requisito de la edad.

–Sí, como Bailey –dijo él, deseando no tener que hablar. Necesitaba silencio para averiguar qué diablos le estaba ocurriendo. Ella debió notarlo, porque se quedó callada.

Aidan la miró de reojo, admirando lo bien que manejaba al caballo. No pudo evitar admirar otras cosas también. Como lo bien que le quedaban los vaqueros y la blusa, y cómo los senos con los que había fantaseado antes se movían eróticamente al ritmo del trote del caballo.

–Ahí hay un edificio –dijo Jillian.

Él se obligó a desviar la vista de sus pechos y mirar la cabaña de madera. Se detuvo.

–Si quieres llamarlo así, de acuerdo. Bane la construyó hace tiempo. Se convirtió en el escondite de amor secreto de Crystal y él.

–¿Crystal?

–Sí. Crystal Newsome. El único amor de Bane.

–Ella fue la razón de que tuviera que marcharse y unirse a la Marina, ¿no?

–Supongo que se podría decir eso –Aidan se encogió de hombros–, pero yo no cargaría a Crystal con toda la culpa. Bane estaba por ella tanto como ella por él. Ambos eran dinamita a punto de explotar.

–¿Dónde está ella ahora?

–No lo sé. Ni siquiera sé si Bane lo sabe. No habla de ello y yo prefiero no preguntar –Aidan se bajó del caballo y lo ató a la baranda que había ante la cabaña. Después, preparándose para la oleada de emociones que sabía le provocaría el contacto, fue a ayudar a Jillian a desmontar.

–No hace falta que me ayudes, Aidan. Puedo hacerlo sola.

–No lo dudo pero, aun así te ofrezco mi asistencia –dijo él alzando los brazos.

Ella se deslizó hacia sus brazos. Tal y como esperaba, sintió una llamarada de fuego en cuanto se tocaron. De hecho, tuvo una erección.

–Ya puedes soltarme, Aidan.

Él parpadeó. De repente, ella alzó los brazos y le rodeó el cuello.

–Esto es una locura –susurró–. No debería desear esto, pero no estoy pensando a derechas.

–Nos iremos mañana –replicó él, sintiendo lo mismo que ella–. Cuando volvamos a nuestros respectivos territorios, pensaremos a derechas.

–¿Y ahora qué? –preguntó ella mirándolo a los ojos.

–Ahora solo quiero volver a saborearte, Jillian.

En ese momento, Jillian no habría podido negarse el placer del beso aunque su vida hubiera dependido de ello. Estaba recibiendo lo que quería en todo su esplendor.

Sus labios se unieron y ella siguió abrazada a su cuello, hipnotizada y cautivada. La forma en que su lengua le invadía la boca era extraordinaria.

Cada hueso, cada poro y cada terminación nerviosa respondían a cómo la estaba besando. Las caricias y succiones de la lengua de Aidan le provocaban auténticas descargas eléctricas.

–Vayamos dentro –susurró él, interrumpiendo el beso para hablar.

–¿Dentro? –consiguió gemir ella.

–Sí. No tendríamos que estar aquí, a la vista.

Era cierto. Ella se había perdido tanto en el beso que había olvidado donde estaban. Dejó que le agarrara la mano y la llevara hacia la cabaña.

Una vez dentro, con la puerta cerrada, ella miró a su alrededor. Era una habitación única con una cama de hierro. La colcha era de colores a juego con las cortinas y coordinaba con la alfombra.

–Es agradable, y está todo ordenado y limpio. ¿Quién cuida de esto?

–Gemma prometió a Bane que lo haría y, por supuesto, lo decoró. Ahora que va a casarse y mudarse a Australia, lo hará Bailey. Este sitio es muy importante para Bane. Pasa tiempo aquí siempre que viene a casa.

–¿Qué tal le va? –se interesó Jillian.

–Ahora bien. Le costó acostumbrarse a aceptar órdenes, pero no tiene otra opción si quiere formar parte de las fuerzas especiales de la Armada.

–¿No viene gente por aquí? –preguntó ella. Necesitaba asegurarse de que no iban sorprenderlos en plena acción.

–Ramsey trae a sus ovejas a pastar por aquí de vez en cuando. Pero hoy no aparecerá nadie.

–No sé por qué estoy haciendo esto –dijo ella, volviéndose para mirarlo.

–¿Quieres que te lo diga? Nos sentimos atraídos el uno por el otro –respondió él, sentándose en un taburete.

–Dime algo que no sepa, Aidan –soltó una risa.

–¿Y si digo que sentimos obsesión el uno por el otro?

–Creo que «obsesión» es un término demasiado fuerte. Solo nos hemos besado dos veces.

–Han sido tres. Y me muero de ganas de que llegue la cuarta. ¿Tú no?

–Sí, pero no entiendo por qué –reconoció ella.

–Puede que no haga falta que lo entendamos, Jillian –dijo él poniéndose en pie.

–¿Cómo puedes decir eso? ¿Cómo crees que reaccionarían nuestras familias si supieran que estamos haciendo esto a sus espaldas?

–No sabremos cómo reaccionarían porque estás empeñada en mantenerlo en secreto, ¿no es así?

–Sí –echó la cabeza atrás para mirarlo–. No podría herir así a Pam. Espera que me concentre en los estudios. Y si iniciara una relación, estoy segura de que no querría que fuera contigo.

–¿Por qué sería tan malo tener una relación conmigo? –Aidan frunció el ceño.

–Creo que sabes la respuesta. Nos considera una gran familia. Y está tu reputación. Pero, como has dicho, mañana cada uno seguiremos nuestro camino. Lo que nos ocurre es que la curiosidad le está ganando la partida a nuestro poco sentido común.

–¿Eso es lo que crees? –se acercó y le tomó un mechón de pelo entre los dedos.

–Sí, es lo que creo –captó algo en las profundidades de sus ojos que le hizo titubear un segundo, pero lo desechó. Bajó los ojos hacia sus labios y vio cómo se pasaba la lengua por ellos.

–Aún siento tu sabor –dijo él con voz grave y ronca.

–Sí, lo sé –asintió lentamente–. Lo sé porque yo sigo sintiendo el tuyo.

Capítulo Seis

Aidan deseó que Jillian no hubiera dicho eso. Aunque tenía poca experiencia, aprendía rápido. Le había seguido el paso, caricia a caricia. Oírla confesar que aún sentía su sabor hizo que la testosterona se le disparara.

Dio un paso más, le puso las manos en la cintura y la levantó. No entendía por qué el deseo entre ellos era tan intenso, pero aceptaba que lo era. Provocar la ira de Dillon y Pam le hacía tan poca gracia como a ella, pero se negaba a creer que su primo y su esposa fueran a oponerse de plano a que hubiera algo entre Jillian y él.

Además, no tenía que preocuparse, porque no habría nada. Se sentían atraídos el uno por el otro; eso no tenía nada de serio. Había sentido atracción por otras mujeres, aunque nunca tan intensa. Pero pasaría mucho tiempo hasta que volvieran a verse. Sería un romance de unas horas. No tenían por qué enterarse.

—No voy a acostarme contigo, Aidan.

—¿No? —buscó su mirada.

—No. Creo que eso deberíamos dejarlo claro.

—De acuerdo —asintió lentamente—. Entonces, ¿qué esperas que hagamos aquí?

–Besarnos un poco más. Mucho más.

–¿Crees que será tan sencillo? –era obvio que ella no pensaba que besarse tenía muchas posibilidades de llevar a otras cosas.

–No –se encogió de hombros–. Pero supongo que si mantenemos un grado razonable de autocontrol, podremos hacerlo.

Su mera cercanía le estaba provocando un intenso palpitar en la entrepierna.

–¿Hay algún problema, Aidan?

–¿Problema? –enarcó una ceja.

–Sí. Estás tardando y yo estoy lista ya.

Él luchó por ocultar su sonrisa. ¿Era esa la misma mujer que el día anterior había jurado que no volverían a besarse? ¿La que esa mañana se había negado a salir a caballo con él?

Decidiendo no hacerla esperar más, se inclinó hacia su boca.

Ella se preguntó cuándo había necesitado tanto el beso de un hombre. Sintió las manos de Aidan pasar de su cintura a su trasero, atrayéndola, haciendo que sintiera la presión de su erección en el vientre. Le gustó la sensación.

Sus pezones, sensibilizados, se clavaban en el sólido torso de él. Se había convertido en un ardiente amasijo de deseo sexual.

Cuando él intensificó el beso, ella se oyó gemir. Él la estaba paladeando. Utilizando su boca para absorber la de ella como si fuera una delicia que necesitaba consumir. Estaba perdiendo ese control que ella le había dicho que debían ser capaces de mantener.

Cuando él gruñó y profundizó más aún, ella tuvo que hacer acopio de fuerza para no desleírse en el suelo como un charquito. No sabía por qué, con veintiún años, estaba experimentando besos como esos por primera vez. Ni por qué estaba permitiendo que su mente se llenara de emociones y sensaciones, que casi le hacían imposible respirar, pensar, o hacer cualquier cosa excepto responder. Sus lenguas se enzarzaban hambrientas, devorándose con un anhelo insaciable.

Cuando notó que las manos de él se habían deslizado hacia la cremallera de sus vaqueros, gimió e interrumpió el beso, pero Aidan ya la estaba alzando en sus fuertes brazos.

Antes de que pudiera preguntarle qué hacía, él se dejó caer con ella sobre la cama. Con un movimiento rápido, le alzó las caderas y le bajó los vaqueros hasta las rodillas.

–¿Qué-qué estás haciendo? –consiguió preguntar, sintiendo un escalofrío.

–Voy a llenarme la boca con tu sabor –respondió él. Le bajó las bragas antes de elevarle las caderas y situar la cabeza entre sus muslos.

El contacto de su lengua la hizo gemir y estremecerse. Él, sin piedad, utilizaba su boca de una manera que debería de estar prohibida. Quería apartarle la cabeza pero, en vez de eso, utilizó las manos para mantenerla donde estaba.

Y entonces sintió que una serie de intensos espasmos le recorrían el cuerpo. Él presionó con la lengua, volviéndola loca. Gritó mientras las sensaciones la invadían, lanzándola a un orgasmo de vértigo. El primero de su vida. Más poderoso de lo que nunca había podido imaginar.

Él siguió lamiéndola, sin pausa. Eso le provocaba aún mayor anhelo. Sus sentidos estaban hechos trizas. Tardó en recuperar la energía suficiente para inspirar y soltar el aire lenta y pausadamente. Se preguntó si tendría energía para subirse al caballo y montar de vuelta a casa.

–Mmm, delicioso –Aidan alzó la cabeza y se lamió los labios, como si saboreara su sabor.

–¿Por qué has hecho eso? –jadeó ella. Se sentía agotada, exhausta pero satisfecha.

En vez de contestar, le tocó la barbilla con el pulgar y bajó la cabeza para besarla. Ella se estremeció al sentir su sabor en los labios de él.

–Lo he hecho porque tienes un sabor único y quería probarlo –dijo él, cuando por fin soltó sus labios y se echó hacia atrás.

Ella alzó las caderas cuando él le subió los vaqueros. Después, Aidan cambió de postura para sentarla en su regazo.

–¿Qué pasará mañana, cuando nos vayamos de aquí? –ella echó la cabeza hacia atrás para mirarlo.

–Que recordaremos esto con agrado y cariño. Estoy seguro de que cuando te despiertes en tu cama en Wyoming, y yo en la mía en Boston, habremos dejado esto atrás.

–¿Eso crees?

–Sí, estoy bastante seguro. No me siento culpable porque no hemos hecho daño a nadie. Solo hemos satisfecho nuestra curiosidad de una forma deliciosa.

Jillian no podía negar que había sido deliciosa. Y, técnicamente, no se habían acostado, así que no habían sobrepasado ningún límite. Se apartó de él para remeterse la blusa en los pantalones.

–Oh, una oportunidad perdida.

–¿Qué? –preguntó ella, mirándolo.

–Tus pechos. Había pensado devorarlos.

De inmediato, los senos de Jillian reaccionaron tensándose.

–Tenemos que irnos –dijo ella, sabiendo que pasar más tiempo allí solo causaría problemas.

–¿Es necesario?

–Sí. Se está haciendo tarde y podrían echarnos de menos –al ver que él no se movía, fue hacia la puerta–. Sabré volver sola.

–Espera, Jillian.

–No hace falta que volvamos juntos –dijo ella, volviéndose para mirarlo.

–Claro que sí. Pam sabe que hemos salido a montar juntos.

–¿Quién se lo ha dicho? –Jillian palideció.

–Me la encontré de camino al establo y me preguntó adónde iba. Le dije la verdad. Si le hubiera dicho que iba a otro sitio y hubiera descubierto la verdad, se habría preguntado por qué le mentí.

Jillian asintió lentamente.

–¿Qué dijo al respecto?

–Nada. De hecho, no creo que le diera la menor importancia. Sí dijo que le alegraba que fueras a empezar en la facultad y que me agradecería que te diera los consejos que pudiera.

–De acuerdo, volveremos juntos. Te esperaré afuera –salió rápidamente. Él había dicho que con lo que había sucedido se olvidarían el uno del otro. Confiaba en que fuera así.

Cuando la puerta se cerró a su espalda, Aidan se frotó la cara con frustración. Cuanto antes se fuera de Dénver, mejor. Tenía que poner distancia entre Jillian y él. Ella se sentía incómoda con la situación y él empezaba a sentir lo mismo. Sin embargo, su inquietud no tenía que ver con que Dillon y Pam descubrieran lo que habían hecho, sino con la intensa atracción que sentía por Jillian.

Quería someterla a besos y saborearla de nuevo antes de hacerle el amor una y otra vez. Nunca había sentido eso por una mujer, y saber que estaba fuera de su alcance incrementaba su deseo. Después de haber probado su sabor íntimo, no estaba tan seguro de poder olvidarla.

Estiró la colcha antes de salir. Una vez fuera, inspiró profundamente para calmarse. Ella estaba acariciando al caballo y una parte de él deseó que lo acariciara de la misma manera. Solo pensarlo le provocó una erección. Se quedó observándola.

–Estoy listo para irnos.

–Tienes un caballo precioso, Aidan –dijo ella volviéndose para mirarlo, sonriente.

–Gracias. Charger es un semental Westmoreland de cuarta generación.

–He oído hablar de Charger –se giró para acariciar al caballo de nuevo–. Dillon me advirtió de que no intentara montarlo, porque muy pocas personas pueden. Es obvio que tú eres una de ellas.

–Sí –asintió Aidan–. Charger y yo tenemos un acuerdo.

–¿Y nosotros, Aidan? ¿Tenemos un acuerdo?

–Supongo que te refieres a los incidentes que han tenido lugar entre nosotros estos dos días.

–Así es.

–Entonces, sí, tenemos un acuerdo. Después de hoy, no más besos, no más caricias…

–No más saborear –intervino ella.

–Eso tampoco –le resultó difícil decir que no volvería a saborearla, pero lo hizo en aras de la paz mental de ambos.

–Bien. Estamos de acuerdo.

Él no habría dicho eso, pero decidió callar.

–Será mejor que volvamos ya.

–Vale, no necesito ayuda para montar.

–¿Segura? –por lo visto, no quería que la tocara.

–Por completo.

–Quiero darte las gracias, Aidan.

–Darme las gracias, ¿por qué? –dejó de mirarle las piernas y la miró a la cara.

–Por enseñarme tantas cosas durante esta visita –eso hizo sonreír a Aidan.

–Ha sido un placer –dijo él muy en serio.

Capítulo Siete

—¿No vas a ir a casa, Jillian?

Jillian alzó la cabeza de su desayuno y miró a su compañera de cuarto, Ivy Rollins. Se habían conocido en segundo curso cuando Lily decidió que no quería seguir viviendo en una residencia universitaria. Quería compartir un apartamento con alguien, fuera del campus. Ivy, que quería estudiar derecho, había contestado a su anuncio en el periódico. Habían congeniado y eran buenas amigas desde entonces. Jillian no podría pedir una compañera de piso mejor.

—Estuve en casa el mes pasado, Ivy —le recordó.

—Sí, pero solo un par de días, por tu cumpleaños. La semana que viene hay vacaciones de primavera.

Jillian no quería que se lo recordara. Pam la había llamado el día anterior para saber si Jillian iba a volver a casa, porque Nadia iba a hacerlo. Paige había conseguido un papel en una obra de teatro e iba a quedarse en Los Ángeles. Jillian seguía sintiéndose culpable por lo que habían hecho Aidan y ella. No le gustaba engañar a su hermana.

—Le expliqué a Pam que necesitaba empezar a estudiar para el examen de acceso. Lo entendió.

–Odio dejarte sola, pero...

–Pero lo harás –dijo Jillian, sonriente–. Y está bien. Sé cuánto añoras tu casa –eso era decir poco. La familia de Ivy vivía en Oregón. Sus padres, cocineros, tenían un restaurante allí. Sus hermanos mayores también eran cocineros y los ayudaban. Ivy había optado por una profesión distinta, pero adoraba volver a casa a echar una mano.

–Sí –Ivy le devolvió la sonrisa–. De hecho, me iré dentro de dos días. ¿Seguro que estarás bien?

–Estaré bien. El examen es dentro de dos meses, así que estaré ocupada. Y tengo que empezar a escribir mi proyecto.

–Es una pena que no puedas divertirte la semana que viene –dijo Ivy.

–No me importa. Entrar en la facultad de Medicina es lo más importante para mí.

Unas horas después, Jillian estaba sentada ante el ordenador, haciendo búsquedas en Internet. Se había planteado unirse a un grupo de estudio, y parecía haber varios. Solía preferir estudiar sola pero, por alguna razón, no podía concentrarse. Se recostó en la silla, sabía cuál era la razón.

Aidan.

Había pasado algo más de un mes desde su cumpleaños y Aidan estuvo equivocado. No se había despertado en su cama de Wyoming habiendo dejado todo atrás. De hecho, pensaba en Aidan más que antes. Todo el tiempo. Y eso empezaba a interferir en sus estudios.

Se levantó y fue a la cocina a por un refresco. Ya

tendría que haberlo olvidado, pero se acostaba y se despertaba pensando en él. Y, de madrugada, recordaba con detalle sus besos. Ese recuerdo le provocaba un cosquilleo entre las piernas, y eso no era bueno. De hecho, nada de lo que le estaba ocurriendo era bueno. Tenía síndrome de abstinencia sexual. Y ni siquiera había llegado al final con Aidan, aunque eso no le hubiera impedido tener un orgasmo.

Regresó al dormitorio y volvió a sentarse ante el ordenador. Habría apostado a que él no había pensado en ella ni una vez, y seguramente se había despertado con otra mujer en la cama su primera mañana en Boston. Eso le irritaba.

Había tenido la tentación de preguntarle a Pam si había sabido algo de Aidan, pero no lo había hecho por miedo a que se preguntara a qué se debía un interés que no había tenido antes.

–Entra –dijo, al oír un golpecito en la puerta.

–Sé que tienes mucho que hacer –Ivy entró sonriente–, pero ven a comer algo al Wild Duck. Invito yo.

–Eres una lianta –aceptó Jillian, levantándose. No le iría mal un descanso. Y tal vez dejaría de pensar en Aidan un rato.

–¿Cómo te va, doctor Westmoreland?

Aidan sonrió a la doctora que se había incorporado a la facultad durante el fin de semana que él había ido a casa. Tendría que pedirle una cita. Lynette Bowes era atractiva, tenía buen tipo y era amistosa. A veces, casi demasiado. Disfrutaba flirteando con él y hasta le había hecho algunas insinuaciones atrevidas; sería fácil llevársela a la cama. No sabía qué estaba esperando para hacerlo.

—Estoy bien, doctora Bowes, ¿cómo estás tú?

—Estaría mucho mejor si pasaras por mi piso esta noche —susurró ella. Se inclinó para entregarle la gráfica de un paciente y, a propósito, le rozó el brazo con un pecho.

Otra invitación. Aidan no sabía por qué se estaba haciendo el remolón. Solía aprovechar esas ocasiones. Tampoco sabía por qué el roce intencionado de ese seno no lo había afectado lo más mínimo.

—Gracias, pero esta noche tengo planes —mintió.

—¿Otra noche entonces?

—Es posible —agradeció que el móvil le sonara en ese momento—. Te veré luego —se fue rápidamente.

Esa noche, en casa, mientras pasaba de un canal de televisión a otro, se preguntó qué diablos le ocurría. Sabía la respuesta.

Jillian.

Había asumido que cuando volviera a Boston y a su cama la borraría de su memoria. Por desgracia, no había sido así. Pensaba en ella cada momento libre, hasta cuando se iba a la cama. Tenía sueños eróticos. La deseaba tanto que ni siquiera pensaba en otra mujer.

No le había ayudado nada llamar a casa esa semana y que Dillon mencionara que Jillian no pasaría allí las vacaciones de primavera. Por lo visto, iba a quedarse preparando el examen de acceso y el proyecto. Aplaudía su decisión de sacrificarse para conseguir su objetivo, pero le había decepcionado que no le pidiera ayuda. Él había sacado una nota muy alta en el examen y podía darle buenas pautas de estudio. Por eso le había grabado su número en el móvil.

Pero ella no había llamado para hacerle ninguna pregunta. Eso solo podía significar que no quería su ayuda y que seguramente había olvidado lo ocurrido entre ellos.

Agarró el móvil y buscó su número. Cuando lo vio en la pantalla, dejó el teléfono. Tenían un acuerdo, por así decirlo. Iban a dejar atrás lo ocurrido en Dénver. Había sido placentero, pero no podían ni debían repetirlo. Ni besar, ni acariciar ni… saborear.

Era evidente que para ella había sido fácil, pero a él le estaba resultando imposible. Algunas noches se despertaba deseándola con pasión, muriéndose por besarla, tocarla y saborearla.

Recordar cómo le había bajado los vaqueros y las bragas y había enterrado el rostro entre sus piernas lo excitaba.

Se puso en pie y paseó por el apartamento, intentando librarse de la erección. Entonces, se le ocurrió una idea. Podía aprovechar para tomarse los días libres que le debían. Solo había estado en

Laramie, Wyoming, un par de veces, podía volver. Haría turismo y probaría algunos restaurantes buenos. Y no había ninguna razón para que, una vez allí, fuera a ver cómo le iba a Jillian.

Ninguna razón en absoluto.

Tres días después, Jillian estaba ante la mesa de la cocina mirando la enorme guía de estudio que tenía ante sí. Eran al menos quinientas páginas. Lo recomendado eran tres meses de estudio, pero como solo tenía una clase ese semestre, había decidido que podría prepararse en dos. Eso implicaba que necesitaba concentración total.

Pero su mente no parecía estar de acuerdo. El piso estaba silencioso y solitario sin Ivy. Era justo lo que necesitaba para estudiar en serio. Después de un buen desayuno, había dado un paseo para estimular la mente y el cuerpo. Pero su cabeza se empeñaba en recordar otros estímulos que le provocaban un cosquilleo en el bajo vientre.

Iba a tomar un sorbo de café cuando sonó el timbre. Se levantó y fue a abrir. Miró por la mirilla. Al otro lado de la puerta estaba el hombre en quien había estado intentando no pensar. Desconcertada, quitó la cadena de seguridad y abrió la puerta. Tenía el corazón desbocado y un nudo en el estómago.

–¿Aidan? ¿Qué haces aquí?

En vez de contestar, él se inclinó y la besó. El impacto fue brutal. Tendría que haberlo apartado en cuanto sus bocas se tocaron, pero en vez de eso se amoldó a su cuerpo mientras él le agarraba de la cintura. En cuanto reconoció el sabor, su lengua se unió a la de él e iniciaron un sensual duelo.

Hasta ese momento no se había atrevido a admitir cuánto lo había echado de menos. Oyó el ruido del pestillo y comprendió que él había entrado y cerrado la puerta a su espalda.

Tenía que ser un sueño. Tal vez por eso tenía la sensación de que la habitación daba vueltas. Aidan no podía estar en Laramie, en su apartamento, besándola. Pero si era un sueño, no quería despertarse. Necesitaba llenarse de su sabor antes de que la fantasía se diluyera. Abrió los ojos. El hombre que tenía ante sí era Aidan, sin duda. Tomó aire e intentó recuperar el control de sus sentidos.

–Soy yo de verdad, Jillian –dijo él, como si hubiera adivinado lo que pensaba–. He venido a ayudarte a estudiar.

Ella parpadeó. ¿Ayudarla a estudiar?. Tenía que estar de broma.

Aidan solo deseaba borrar a besos la expresión de asombro de Jillian. Pero sabía que antes de pensar en besarla de nuevo, tenía que explicarle por qué había roto su acuerdo.

–Hablé con Dillon hace unos días. Mencionó que no pasarías las vacaciones en casa y por qué. Así que pensé que podía ayudarte con los estudios.

–Para nada pensaste eso. ¿A qué ha venido ese

beso? Creí que teníamos un acuerdo –Jillian movió la cabeza como si quisiera despejar la mente.

–Lo teníamos. Lo tenemos. Sin embargo, a juzgar por cómo has respondido al beso, tal vez necesitemos modificar algunas cosas.

–No hay nada que modificar –alzó la barbilla.

–¿Crees que quiero estar aquí, Jillian? –dijo él, irritado por su respuesta–. Tengo una vida en Boston, una vida que disfrutaba hasta hace poco. Pero desde que compartimos esos besos en tu cumpleaños, no he dejado de pensar en ti, de desearte, de echarte de menos.

–Eso no es culpa mía –le espetó ella.

–Lo es cuando no eres sincera contigo misma. ¿Puedes mirarme a los ojos y decirme que no has pensado en mí? ¿O que no me has deseado? Sé sincera, porque si lo niegas tendrás que explicarme por qué tu beso ha dicho lo contrario.

Observó cómo ella se lamía los labios con nerviosismo.

–Dime, Jillian –insistió, con voz más suave–. Por una vez, sé sincera conmigo y contigo misma.

Ella inspiró profundamente y se miraron en silencio durante unos tensos momentos.

–Vale, he pensado en ti, te he echado de menos, te he deseado. Y me he odiado por hacerlo. Eres una debilidad que no me puedo permitir en este momento. Es una locura. Conozco a muchos hombres, ¿por qué tenías que ser tú? ¿Por qué deseo al único hombre al que no puedo tener?

–¿Y por qué piensas que no puedes tenerme?

–su ira se había suavizado al saber que estaba tan confusa y frustrada como él.

–Sabes por qué, Aidan –frunció el ceño–. Pam, y Dillon se opondrían. Para ellos, somos familia. E incluso si te aprobaran como hombre, intentaría convencerme de que no me involucrara y me concentrase en convertirme en médico.

–Eso no lo sabes a ciencia cierta, Jillian.

–Sí lo sé. Cuando Pam estaba en la universidad persiguiendo su sueño de ser actriz, le pregunté por qué no salía con nadie. Me dijo que una mujer nunca debía sacrificar sus sueños por un hombre.

–No te estoy pidiendo que sacrifiques tu sueño.

–No, pero quieres una relación en un momento en el que debería centrarme más que nunca en los estudios.

–Quiero ayudarte, no molestarte –afirmó él.

–¿Cómo crees que puedes hacer eso?

–Utilizando esta semana para enseñarte técnicas de estudio que te ayudarán.

–No funcionará –volvió a lamerse los labios–. No podré pensar a derechas estando contigo.

–Me aseguraré de que lo hagas. No pretendo alojarme aquí, Jillian. Tengo habitación en un hotel a un kilómetro de aquí. Vendré cada mañana y estudiaremos hasta por la tarde, con descansos. Después comeremos algo y disfrutaremos de la velada. Volveré a traerte aquí y me iré. Antes de acostarte debes repasar lo estudiado ese día, y después dormir ocho horas.

–No puedo dejar de estudiar para disfrutar de

la velada –lo miró como si estuviera loco–. Necesito estudiar mañana, tarde y noche.

–No si te ayudo. Además, si estudias en exceso te quemarás, y no quieres eso. ¿De qué sirve estudiar si acabas quemada? –al ver que ella no decía nada, insistió–. Prueba mi método un par de días y, si no funciona, si me consideras una molestia y no una ayuda, me iré de Laramie y te dejaré hacer las cosas a tu manera.

Ella lo miró en silencio. Como siempre, estaba seria. Bella. Tentadora. Aidan la deseaba. Estar a su lado sería difícil, y dejarla cada noche después de cenar más difícil aún. Desearía quedarse y hacerle el amor toda la noche. Pero eso no era posible, iba a tener que controlarse.

–De acuerdo –aceptó ella por fin–. Probaremos un par de días. Si no funciona, espero que cumplas tu palabra respecto a irte.

–Lo haré –afirmó él. No se iría porque su plan iba a funcionar. Había superado el examen con honores. En la adolescencia había descubierto que se le daba bien estudiar, pero a Adrian no. Para que su gemelo no se quedara atrás, había compartido con él sus trucos y técnicas de estudio–. Ahora, sellemos el trato.

Ella le ofreció la mano, pero Aidan la rodeó con sus brazos y la atrajo hacia sí.

Jillian pensó que estaba aprovechándose otra vez. Sin embargo, un segundo después le devolvía el beso con un ansia equiparable a la de él. Era una locura. Pero también era lo que necesitaba y llevaba deseando desde su vuelta a Laramie.

Él interrumpió el beso de repente y ella tuvo que contener un gruñido de decepción.

–Bien, ¿dónde está la guía de estudio?

–¿Guía de estudio? –ella parpadeó.

–Sí, la guía de estudio para el examen –Aidan sonrió y le acarició la mejilla.

–En la mesa de la cocina. Estaba estudiando cuando has llegado.

–Bien. Pues estudiarás más. Llévame allí.

–¿Alguna pregunta? –Aidan se recostó en la silla y miró a Jillian.

–No, haces que parezca sencillo.

–Créeme, no lo es. La clave es recordar que tú eres quien tiene el control de tu cerebro y de los conocimientos que alberga. No permitas que acceder a esa información durante el examen te haga perder los nervios.

–Para ti es fácil decirlo –rio ella.

–Y también lo será para ti. He pasado por ello y cuando tengo tiempo ayudo a otros estudiantes. Has hecho bien el examen de práctica, que cubre lo básico que debes saber. Ahora tienes que concentrarte en las áreas que te crean inseguridad.

–Que son muchas.

–Son todo cosas que ya sabes –creía que ella solo dudaba de su capacidad por el pánico a suspender–. No tienes por qué aprobar a la primera. Mucha gente no lo hace. Por eso la guía sugiere contar con intentarlo al menos dos veces.

–Quiero superarlo a la primera –afirmó ella.

–Entonces, hazlo.

Aidan se levantó y fue a servirse otro café. Llevaba allí cinco horas y no habían parado para almorzar. La clave era hacer varios descansos breves, en vez de uno o dos largos.

Ella había hecho el examen de razonamiento verbal de práctica bastante bien para ser la primera vez. Le había dado pistas para los exámenes de opción múltiple y había repasado con ella las preguntas que había fallado. Pensaba que le iría bien, pero también que presentarse en dos meses era un poco forzado. Él habría sugerido tres.

–¿Quieres café?

–No, estoy bien.

Estaba más que bien. Estaba guapísima incluso con el pelo recogido en una cola de caballo y gafas sobre la nariz. Estaba acostumbrado a verla sin maquillar y la prefería así. Admiraba la belleza natural de su piel. Y le sentaban bien los vaqueros y la camiseta.

–Jillian? –miró su reloj.

–¿Sí? –ella alzó la vista de la pantalla.

–Es hora de dejarlo por hoy.

–¿Dejarlo? –lo miró desconcertada–. No he hecho todo lo que quería hacer hoy.

–Has hecho mucho y no debes sobrecargarte.

–Puede que tengas razón –cerró el ordenador–.

Gracias a ti, he avanzado mucho. Sin duda, más que si no hubieras estado. Eres buen profesor.

–Y tú buena alumna. ¿Dónde se puede comer por aquí?

–Depende de lo que te apetezca.

Le apetecía ella, pero sabía que debía mantener su promesa y no presionarla.

–Un entrecot jugoso.

–Entonces, estás de suerte –se puso en pie–. Hay un sitio muy bueno cerca de aquí. Dame unos minutos para cambiarme.

–Vale –la observó ir al dormitorio.

Jillian era una tentación incluso cuando no pretendía serlo. Ivy, su compañera de piso, había ido a visitar a su familia. Eso significaba…

Nada. A no ser que ella diera el primer paso o hiciera una invitación. Hasta que eso ocurriera, Aidan pasaría las noches a solas, en el hotel.

Capítulo Ocho

Jillian miró a Aidan por encima de la mesa. Era el tercer día y seguía costándole creer que estuviera en Laramie y que hubiera ido a ayudarla con sus estudios. El primer día había sido frustrante. La había presionado más allá de lo que su preparación le permitía. Pero cenar con él aquella noche había suavizado su irritación.

La cena había sido divertida. Había descubierto que a él le gustaba la carne al punto y adoraba las patatas asadas rellenas con crema agria, trocitos de beicon y queso. También le gustaba el té sin azúcar y era adicto a cualquier cosa con chocolate.

También era un gran conversador. Hablaron de economía, de las últimas elecciones, de las películas que les habían gustado y de los planes de Adrian de viajar por el mundo unos años cuando acabara su doctorado en ingeniería.

Jillian, animada por Aidan, le habló de Ivy, a quien consideraba la compañera de piso perfecta; de su decisión de dejar la residencia universitaria hacía dos años; y de su primera experiencia con un insistente vendedor de coches. Le habló de todos los lugares que deseaba visitar algún día y de la ilusión que le hacía ir de crucero.

Más tarde pensó que era la primera vez que Aidan y ella compartían una comida solos y que había disfrutado mucho. Había podido ver más allá de sus atractivos rasgos para descubrir que era considerado y amable. Había sido cordial y respetuoso con todo el mundo, camareros incluidos. Cada vez que sonreía, a ella se le cerraba el estómago. Cuando tomaba un sorbo de su bebida, ella envidiaba a su copa.

Después de cenar volvieron al piso. Aidan le había hecho prometer que solo repasaría lo estudiado ese día y que se acostaría a las nueve como muy tarde, después se fue. Pero antes la había tomado en sus brazos y le había dado un beso que la tentó a pedirle que se quedara un rato más. Rechazó la tentación. Saber que lo vería al día siguiente la ayudó a dormirse rápidamente. Por primera vez en mucho tiempo, durmió toda la noche de un tirón.

Él llegó temprano la mañana siguiente, con el desayuno. Después, vuelta al estudio. El segundo día fue más intenso que el primero. Sabiendo que no podían cubrir todos los aspectos de la guía de estudio en una semana, la había animado a centrarse en las áreas que menos dominaba. Le había dado pistas sobre cómo enfrentarse a las preguntas de opción múltiple y le había sugerido palabras clave que le convenía incluir cuando redactara sus ensayos.

Fueron a cenar al Wild Duck porque ella quería enseñarle su sitio favorito. La cena de hamburguesas, patatas fritas y batidos fue deliciosa. Después fueron a jugar unas partidas de billar.

Cundo la llevó de vuelta a casa, la tomó en sus brazos y la besó antes de marcharse, repitiendo las instrucciones del día anterior respecto al repaso y las horas de sueño. De nuevo, durmió como un bebé, a pesar de que él dominó sus sueños.

Disfrutaba teniéndolo como tutor. Conseguía concentrarse la mayor parte del tiempo, aunque a veces sentía el calor que bullía entre ellos y que ambos intentaban ignorar. Lo conseguían casi todo el tiempo, pero ese día estaba resultando más duro que los dos anteriores.

Aidan estaba tenso. De nuevo, llegó con el desayuno en la mano. Desayunaron en el patio, porque opinaba que Jillian debía estudiar con el estómago lleno. Fue agradable, pero más de una vez había captado en sus ojos algo que hacía que se le encogiera el estómago.

No estaba tan hablador como los días anteriores y, en consecuencia, ella tampoco había hablado mucho. Cuando sus manos se rozaban por accidente, al pasarse documentos, la corriente eléctrica parecía afectarlos por igual.

Esa era la razón de que ella hubiera tomado una decisión sobre cómo acabaría el día. Lo deseaba, y él también a ella; no había razón para que contuvieran el deseo más tiempo. Se había enamorado de él, la atracción que había sentido durante años se había convertido en algo mucho más intenso y profundo.

Seguía inquietándola la idea de que Pam y Dillon lo descubrieran, pero estaba segura de que podría convencer a Aidan de que mantuviera el secreto. De hecho, él había confesado que ni Pam ni Dillon sabían dónde estaba pasando la semana. Si ya estaban ocultando cosas a la familia, estaba dispuesta a seguir haciéndolo para estar con él.

Esa noche fueron a un restaurante que ella no había probado antes por el elevado precio de la carta. La comida era deliciosa y el servicio excelente. Pero el ambiente, además de elegante, era muy romántico: techos de artesonado, suelo de piedra natural, una enorme chimenea de ladrillo y velas encendidas en todas las mesas.

Conversaron, pero no tanto como las noches anteriores. No sabía si eran imaginaciones suyas, pero la voz de él le parecía más grave y sensual, no dejaba de mirarla.

Igual que las dos noches anteriores, la acompañó al apartamento y volvió a ordenarle que revisara solo lo que había estudiado ese día y se acostara antes de las nueve de la noche.

Después, la abrazó para darle un beso de buenas noches. Era lo que ella había estado esperando todo el día. Estaba lista para el beso de Aidan. Se puso de puntillas y le ofreció la boca entreabierta. Sus lenguas se unieron de inmediato.

El beso duró un largo y delicioso momento. Fue diferente a todos los que habían compartido y ella lo supo en cuanto sus bocas se unieron. Ardiente, apasionado y hambriento.

Jillian sintió que la alzaba del suelo y le rodeó la cintura con las piernas mientras él seguía devorándole la boca con una intensidad abrumadora. Percibía que él estaba luchando por mantener el control. Ella, en cambio, no luchaba, hacía todo lo posible por tentarlo.

Sintió la pared contra la espalda cuando él interrumpió el beso y la miró, quemándola con el fuego llameante de sus ojos.

–Dime que pare, Jillian. Si no lo haces, no podré parar después. Quiero lamerte de arriba abajo, cada centímetro de tu cuerpo. Saborearte. Hacerte el amor largo y tendido. Así que dime que pare ahora.

A ella se le aceleró el pulso. Cada célula de su cuerpo chisporroteó con sus palabras. Los ojos de él brillaban de pasión, y ella quiso más.

–Dime que pare.

La súplica avivó la tensión sexual que los unía. Solo había una forma de apagar el fuego.

–¡Para, Aidan!

Él se quedó quieto. Lo único que se movía era la vena que le latía en el cuello.

–Deja de hablar y haz todas esas cosas que dices querer hacer –ordenó ella, cuando notó que iba a soltar las piernas, que le rodeaban la cintura, y dejarla en el suelo.

Vio el impacto de sus palabras reflejado en sus ojos. Como parecía haberse quedado mudo, le introdujo las manos bajo la camisa para acariciarle el torso desnudo. Oyó un gruñido.

–Si no lo haces tú, Aidan Westmoreland, me veré obligada a tomar la iniciativa.

Era lo último que él había esperado oírle decir, y le intensificó el fiero latir de la entrepierna. Sabía cómo solucionar eso. Pero antes…

La dejó en el suelo mientras una sonrisa le curvaba los labios. Miró su blusa y percibió la curva de sus senos bajo el algodón. Un instante después, se la quitó.

Inspiró profundamente al ver el sujetador color carne. Ansioso, le palpó los senos a través del encaje. Cuando abrió el cierre delantero, soltó el aire de golpe.

«Piedad», pensó. Le deslizó los tirantes por los brazos y se liberó de la prenda, salivando. Aún no había probado el sabor de sus pechos y pensaba remediarlo muy pronto.

Decidiendo que necesitaba ver más piel desnuda, se arrodilló, le introdujo los dedos bajo la cinturilla elástica de la falda y la deslizó piernas abajo. Le temblaron las manos mientras le bajaba las braguitas azul claro. Se sentía como si estuviera desvelando un tesoro.

Apoyado en los talones, admiró su cuerpo desnudo. Lo tentó empezar entre los muslos, pero sabía que si hacía eso no probaría sus pechos y no quería desperdiciar esa oportunidad.

Aidan se puso en pie y bajó la cabeza. Capturó un pezón entre los labios, adorando cómo se endurecía en su boca mientras trazaba círculos con la lengua. Ella ronroneó su nombre y le puso las manos en la nuca, animándolo a seguir.

Él pasó de un pecho al otro, disfrutando de cada caricia y cada succión. Los gemidos de Jillian azuzaban el deseo de poseerla. De hacerle el amor.

Abandonó sus pechos y deslizó la boca hacia abajo, saboreando su piel. Se agachó y le trazó un camino en el estómago, adorando sentir cómo se contraían los músculos bajo sus labios.

La erección empezó a latirle dolorosamente cuando se arrodilló. Muchas noches se había dormido lamiéndose los labios al recordar el sabor de su sexo. Tenía un aroma femenino, único, irresistible.

Deslizó las manos por el interior de sus piernas, masajeándole los muslos y acariciando lo que había entre ellos. Musitó su nombre cuando introdujo un dedo en su interior, cálido y húmedo. Hambriento de su sabor, sacó el dedo y lo lamió. Sonrió antes de utilizar las manos para abrirla y exponerla a su boca.

Jillian emitió un gemido profundo cuando sintió la lengua de Aidan. Le agarró la cabeza para apartarlo, pero él le sujetó las piernas mientras introducía la lengua con fuerza.

Ella cerró los ojos y repitió su nombre mientras los espasmos se sucedían. Él se negó a retirar la boca mientras las sensaciones la devastaban. Todo su cuerpo tembló mientras se rendía al orgasmo.

Tras la última contracción, sintió que él la alzaba en brazos. Cuando abrió los ojos, Aidan entraba al dormitorio. La dejó sobre la cama y se inclinó para besarla, reavivando el deseo. Después, se levantó para librarse de la ropa.

Ella, tumbada, admiró su desnudez. Era un magnífico ejemplar de hombre, con ropa y sin ella. Muslos anchos, piernas musculosas y una enorme erección rodeada de rizado vello negro.

¿Cómo voy a poder con eso?, se preguntó, mientras él sacaba un preservativo de la cartera y se lo ponía.

—Has hecho esto antes, ¿verdad?

—¿Qué? ¿Ponerme un condón? No. No me valdría.

—Muy graciosa —sonrió—. Sabes lo que te estoy preguntando.

—Bueno, más o menos.

—¿Más o menos?

—No soy virgen, si eso es lo que preguntas. Técnicamente no. Pero…

—Pero ¿qué?

—Estaba en el instituto y ninguno de los dos sabíamos lo que hacíamos. Ha sido mi única vez.

Él se quedó allí de pie, desnudo, mirándola. Ella se preguntó qué estaría pensando. Como si le hubiera leído el pensamiento, él apoyó una rodilla en la cama y se inclinó hacia ella.

—Lo que te perdiste antes, lo tendrás esta noche. Y esta no será tu única vez conmigo, Jillian.

El cuerpo de ella reaccionó a sus palabras con una oleada de calor que le surcó las venas. No había hablado de amor, pero le había hecho saber que lo suyo no sería cosa de una noche.

Él la atrajo a sus brazos y la besó. Ella cerró los ojos y dejó que el beso hiciera que todo se desvaneciera a su alrededor. Las manos de él la tocaban por todos sitios. Gimió al sentir que le abría las piernas utilizando las rodilla.

–Abre los ojos y mírame, Jillian.

Ella los abrió lentamente y observó cómo le alzaba las caderas e introducía el sexo erecto entre sus húmedos pliegues. Empujó y el interior de ella se expandió para acomodarlo. Instintivamente, lo rodeó con las piernas y siguió su ritmo cuando empezó a moverse.

Siguió mirándolo a los ojos mientras entraba y salía de ella. Una y otra vez la llevaba al límite para luego retirarse. Los músculos internos de su sexo se cerraba sobre él, apretándolo.

Mientras ella sentía los espasmos de un nuevo orgasmo, él echó la cabeza hacia atrás y soltó un rugido que resonó en la habitación. Ella se alegró de que sus vecinos estuvieran de vacaciones; si no, habrían sabido lo que estaba haciendo esa noche.

Él volvió a besarla. Sus lenguas se enzarzaron en otro duelo erótico.

«Esta no será tu única vez conmigo», Jillian no pudo evitar recordar lo que él había dicho antes.

Sabía que los hombres, cuando estaban a punto de acostarse con una mujer, decían cosas que no sentían, y no tenía razones para creer que Aidan fuera a ser distinto de los demás.

Dado que ella necesitaba concentrarse en sus estudios, era bueno que él no fuera en serio.

Aidan miró a la mujer desnuda que dormía entre sus brazos y soltó un suspiro de frustración. Eso no tendría que haber ocurrido.

No se refería a hacer el amor, porque eso no habría podido evitarse. Desde el día que había llegado a su piso la tensión sexual se había ido desbordando. No habrían aguantado un día más. Lo que no tenía que haber ocurrido era la inesperada avalancha de sentimientos que había lo desbordaba. Sabía que no estaba confundiendo emociones con sexo espectacular. Si antes no había sabido que lo que sentía por Jillian era distinto, le había quedado muy claro.

Se había enamorado de ella.

Cerró los ojos y gruñó. El sexo había sido fantástico, pero ella había tocado una parte de su ser que ninguna mujer había tocado antes. Sabía que era el primer hombre que le había hecho experimentar un orgasmo.

Le gustaba estar con ella, lo que suponía un problema viviendo tan lejos el uno del otro. Sin embargo, el mayor problema de todos, el mayor reto para la relación, era que ella insistiera en ocultar su relación a Pam y a Dillon.

Aidan no quería mantener el secreto. Conocía a Dillon lo suficiente para saber que lo entendería si le decía que se había enamorado de Jillian. No sabía lo que opinaría Pam, pero siempre le había parecido una persona justa. Creía que les daría su bendición, pero solo si pensaba que Jillian estaba enamorada y que él podía hacerla feliz.

Había muchas incógnitas, pero de lo que estaba seguro era de que Jillian y él tenían que hablar. Ya la había avisado de que lo suyo no sería una aventura de una noche. No iba a permitir que creyera que no era sino una mujer más para él.

Ella se removió en la cama, abrió los ojos lentamente y parpadeó varias veces, como si dudara de lo que veía.

—Buenos días —Aidan le acarició la mejilla antes de mirar el despertador que había en la mesilla—. Te has despertado pronto. Aún no son las seis.

—Es un hábito —dijo ella—. No te has ido.

—¿Se suponía que tenía que irme?

—Creía que esto funcionaba así —ella encogió los hombros desnudos.

Aidan pensó que tenía mucho que aprender. Jillian no era una mujer cuya cama fuera a abandonar en mitad de la noche.

—No entre nosotros, Jillian. Tenemos que hablar.

Ella se incorporó en la cama, sujetando la sábana para cubrir su desnudez. A Aidan le hizo gracia, dado lo que habían hecho la noche anterior.

—Sé lo que vas a decir, Aidan. Ivy me ha contado cómo funciona este juego.

—¿Y cómo funciona? —preguntó él, intrigado.

—El tipo le dice a la mujer que ha sido cosa de

una noche. Nada personal ni, mucho menos, serio.

Él había utilizado frases similares más de una vez, pero decidió no decírselo.

–No ha sido cosa de una noche. ¿Por qué crees que dije que no sería tu única vez conmigo, Jillian?

–Porque eres hombre y a la mayoría de los hombres les gusta el sexo.

–A muchas mujeres también. ¿No te gustó?

–Sí. No voy a mentirte. Me gustó mucho.

–A mí también –Aidan sonrió satisfecho. Le dio un beso breve, necesitando su sabor. Cuando levantó la cabeza, ella parecía sorprendida.

–Si no vas a decir que lo de ayer fue cosa de una noche, ¿de qué quieres hablar?

–Quiero hablar de mí. Y de ti –dijo él optando por ser tan sincero como ella–. Juntos.

–¿Juntos? –ella enarcó una ceja.

–Sí. Me he enamorado de ti.

Capítulo Nueve

Jillian saltó de la cama, envuelta en la sábana, y le lanzó una mirada de enfado.

–¿Estás loco? No puedes estar enamorado de mí. No funcionará, sobre todo si yo también estoy enamorada de ti –se dio cuenta demasiado tarde de lo que había dicho. Y Aidan lo había oído.

–Si yo te quiero y tú me quieres, Jillian, ¿cuál es el problema?

–El problema es que no podemos estar juntos. Todo iba bien cuando la enamorada era yo y no creía que pudieras corresponderme, pero ahora…

–Espera –dijo Aidan, se puso en pie ante ella, completamente desnudo–. Deja que lo entienda. ¿Te parece bien que me acueste contigo sin estar enamorado de ti?

–¿Por qué no? –se echó el pelo hacia atrás–. Estoy segura de que ocurre todo el tiempo. Hombres y mujeres se acuestan con gente a la que no quieren. ¿Estás diciéndome que quieres a todas las mujeres con las que te acuestas?

–No.

–Pues eso.

–Tú no eres cualquier mujer. Eres la mujer de quien me he enamorado.

–Podría manejar esto mejor si no me quisieras –no entendía por qué él estaba complicando la situación–. Así sabría que no ibas en serio.

–¿Y eso no te habría molestado?

–En absoluto. Necesito centrarme en mis estudios, y no podré centrarme si sientes lo mismo por mí que yo por ti. Eso complica las cosas.

Él la miró como si estuviera loca. Jillian no podía culparlo por eso. La mayoría de las mujeres preferirían enamorarse de un hombre que las correspondiera, y ella también lo preferiría en otras circunstancias. Pero no era el momento adecuado. Los hombres enamorados requerían tiempo, atención y energía. Y el amor exigía que la mujer diera a su hombre lo que necesitaba. Ella no tenía tiempo para eso. Estaba estudiando Medicina. Quería convertirse en médico.

Lo peor de todo era que Aidan no quería mantener su relación en secreto. Querría que todos supieran que estaban juntos; ella se negaba a eso.

–Sigo sin entender por qué crees que mi amor por ti complica las cosas –alegó Aidan.

–Porque no querrás guardar el secreto. Querrás contárselo a todo el mundo y que nos vean juntos en público. No te gustaría la idea de esconderte.

–No, no me gustaría –la atrajo hacia él.

En cuanto sus cuerpos se tocaron, ella se excitó.

–Jillian.

–Aidan.

La atrajo y cerró la boca sobre suya. Jillian se rindió sin remedio. Se quedó parada, disfrutando del calor de su cuerpo y la presión de su erección mientras la besaba. Cuando notó que él maniobraba para llevarla hacia la cama, el deseo había ganado la partida. En cuanto su espalda tocó el colchón, se escabulló, hizo que se diera la vuelta y se situó encima de él. Aidan la miró con sorpresa.

Jillian pretendía dar vida a una de sus fantasías nocturnas, hacer el amor con él estando encima, pero antes quería decirle algo importante.

–Tomo la píldora, para regular mis periodos.

Se situó sobre su miembro erecto. Cada hormona de su cuerpo se electrizó cuando descendió sobre él, aceptándolo centímetro a centímetro. Era grande, pero la noche anterior su cuerpo se había acostumbrado a él.

–Mírame, Jillian –ordenó él–. Te quiero, te guste o no, y es demasiado tarde para cambiar eso.

Ella tragó aire y siguió descendiendo sobre él. No quería pensar en los problemas que causaría el amor. Ya hablarían de eso más tarde. En ese momento lo que quería y necesitaba era lo que estaba haciendo. Empezó a moverse, montándolo tal y como había aprendido a montar a caballo años antes. A juzgar por el brillo de sus ojos, Aidan tardaría mucho en olvidar esa cabalgada.

Le gustaba verlo desde arriba. Ver cómo le cambiaba la expresión cada vez que presionaba hacia abajo. Aidan abría las aletas de la nariz y respiraba con dificultad. Empezaba a sudar.

Cabalgarlo era fantástico. Tenía el cuerpo perfecto para ello: duro, masculino y sólido. Sus músculos internos se contrajeron alrededor de él, provocando una serie de gruñidos roncos.

Ella adoraba ese sonido. Adoraba tener el control. Lo adoraba a él. Ese pensamiento le desató los sentidos y, cuando él gritó su nombre y curvó el cuerpo hacia arriba, sintió la explosión de semen en su interior. Y utilizó los músculos para exprimirlo hasta el final.

El sudor le empapaba la cabeza, su rostro, sus cuerpos, pero siguió cabalgando. Cuando él estalló de nuevo, gritó de placer y se rindió también.

Aidan le apartó un rizo húmedo de los ojos. Estaba tirada sobre él, respirando profundamente. Se había ganado el derecho a estar exhausta.

–No me pidas que no te ame, Jillian –dijo con voz suave cuando recuperó las fuerzas. Por primera vez en su vida le había dicho a una mujer que la quería, y esa mujer deseaba que no fuera así. Sintió lágrimas caerle por el brazo y se giró para mirarla–. ¿Tan malo es que te quiera?

–No –ella movió la cabeza–. Sé que debería alegrarme, pero no es el momento… Aún tengo mucho por hacer.

–¿Y crees que yo te lo impediría?

–No, lo haría yo misma. Me descentraría. Tú querrías estar conmigo y yo contigo. Sé que no entiendes por qué no puedo hacerlo, pero no puedo.

Era cierto, no lo entendía. Creía que se equivocaba acerca de cómo reaccionarían Dillon, Pam y el resto de los Westmoreland al conocer su relación. Pero lo daba igual, lo importante era ella.

–¿Y si accedo a seguir como hasta ahora? Es decir, manteniendo lo nuestro en secreto.

–Sería hasta que yo acabara Medicina. ¿Podrías esperar tanto tiempo?

Era una buena pregunta. No sabía si podría estar con Jillian en las reuniones familiares y simular que no había nada entre ellos. Por no hablar de la distancia física. Ella ni siquiera sabía dónde estudiaría. Sus dos opciones favoritas eran Florida y Nueva Orleans, ambas a cientos de kilómetros de Boston, Maine y Carolina del Norte.

Además, al igual que Adrian, Aidan tenía reputación de mujeriego en Harvard. ¿Qué pensarían sus amigos si, de repente, dejaba de salir con mujeres? Seguramente que había perdido la cabeza. Pero le daba igual lo que pensaran.

Estuviera Jillian donde estuviera, iría a verla, pasaría tiempo con ella y la apoyaría para que se convirtiera en la médico que quería ser. Ante todo, tenía que evitar que Jillian sintiera que la presionaba. Tenía que centrarse en aprobar. Él soportaría la distancia y sortearía los comentarios de su familia y amistades.

–Sí, puedo esperar. No importa cuánto tiempo sea, porque tú mereces la espera –dijo.

Capturó su boca y se perdieron en otro de sus apasionados y devastadores besos.

Capítulo Diez

El presente

–Habla el capitán Stewart Marcellus –una voz grave resonó en el altavoz de la cabina de Jillian–. La tripulación y yo les damos la bienvenida a bordo del *Princess Grandeur*. Durante los próximos catorce días navegaremos por el Mediterráneo. Dentro de una hora saldremos de Barcelona para pasar un día en Montecarlo y Florencia y dos días en Roma. De allí iremos a Grecia y a Turquía. Les invito a unirse a la fiesta de bienvenida de esta noche.

Jillian miró a su alrededor. Paige y ella habían reservado una cabina estándar para compartir, no una suite tan amplia y lujosa como la que le habían adjudicado. Llamó al mostrador de recepción para notificar el error, pero le dijeron que todo estaba correcto y que la suite era suya.

Acababa de colgar cuando le entregaron un precioso ramo de flores y una botella de vino con una tarjeta que decía:

Felicidades por haber acabado tus estudios. Estamos orgullosos de ti. Disfruta del crucero. Te lo mereces.

Tu familia Westmoreland

Jillian se sentó en la cama. «Su familia». Se preguntó qué pensarían los Westmoreland si supieran la verdad sobre Aidan y ella: que, delante de sus narices, habían mantenido una relación secreta durante tres años.

Cuando se levantó para ducharse y vestirse para la fiesta, no pudo evitar recordar cómo había sido esa relación una vez se confesaron amor mutuo. Aidan había entendido y aceptado que tenían que mantenerlo en secreto.

El primer año había sido maravilloso, incluso con las dificultades que suponía una relación a distancia. Aidan, a pesar de la dedicación que exigía una residencia dual, había volado a Laramie siempre que tenía un fin de semana libre. Y como pasaban poco tiempo juntos, siempre hacía que fuera especial. Salían a cenar y al cine, y si ella necesitaba estudiar, lo hacían. No habría aprobado el acceso a la primera sin su ayuda. Había solicitado plaza en varias facultades y, cuando la aceptaron en la de Nueva Orleans, su favorita, había compartido la buena nueva con Aidan antes que con nadie.

Fue durante ese primer año cuando decidieron confesar su secreto a Ivy, si no, se habría preocupado cuando Jillian no volvía a casa porque pasaba la noche con Aidan, en el hotel.

Jillian se había enamorado más y más de Aidan durante ese tiempo. Aunque estaba muy ocupada, lo echaba de menos cuando estaban separados. Pero él la compensaba cada vez que iba a verla. Aunque pasaban mucho tiempo en la cama, su relación no se limitaba al sexo. Pero no podía negar que el sexo era fantástico, y se notaba. Ivy incluso hacía bromas al respecto.

Ese primer año también habían puesto a prueba su control cuando iban a casa de vacaciones, a una boda o a un bautizo. Tenía que admitir que había sentido celos más de una vez cuando los primos solteros de Aidan, que suponían que estaba libre, intentaban liarlo con otra mujeres.

Todo fue bien durante el segundo año. Aidan la había ayudado a trasladarse a Nueva Orleans tras su llorosa despedida de Ivy. Jillian había alquilado un apartamento de un dormitorio, cerca del hospital en el que iba a trabajar. Era perfecto para sus necesidades, pero se sentía sola.

Fue durante el tercer año cuando Aidan empezó a tener problemas para visitarla porque el hospital le ocupaba gran parte del tiempo. Pasaron de hablar por teléfono a diario a hacerlo tres veces por semana. Ella notaba que a él le frustraba la situación. Más de una vez había comentado que ojalá hubiera solicitado un hospital universitario más de cerca de Maine o de Carolina del Norte.

Jillian intentaba ignorar su actitud, pero le resultaba difícil. Aunque Aidan no lo decía, en el fondo sabía que el secreto de su relación le agobiaba. A ella empezaba a pasarle lo mismo. Cuando tuvo la sensación de que Aidan empezaba a distanciarse, supo que debía hacer algo.

Un fin de semana que Ivy fue a visitarla, le contó la situación.

–Cómo está Aidan? –preguntó Ivy, tras decirle a la camarera lo que quería comer.

No estoy segura. Hace días que no hablamos, y la última vez discutimos –Jillian tuvo que controlar las lágrimas.

–¿Otra? –Ivy enarcó una ceja.

–Sí –le había contado a Ivy la discusión anterior. Él había querido que volara a Maine el fin de semana de su cumpleaños, pero ella tenía prácticas de clínica y no quería faltar. En vez de entenderla, él se había enfadado; a ella la había irritado su falta de comprensión. La última discusión había empezado cuando él le dijo que Adrian estaba al tanto de su relación. Ella lo había acusado de faltar a su palabra. Él había explicado que no había hecho falta decirle nada; su gemelo lo había inferido por su estado de ánimo.

–Estoy cansada de discutir con él, Ivy, y creo saber lo que está provocando tantas tensiones.

–Los romances a larga distancia son difíciles, Jillian, y estoy segura de que el secreto del vuestro no está ayudando nada.

–Lo sé, por eso he tomado una decisión.

–¿Cuál?

–He decidido contárselo a Pam. El secreto ya dura demasiado. Creo que mi hermana aceptará que soy una mujer adulta y puedo decidir qué hacer de mi vida y con quién compartirla.

–Bien por ti.

–Gracias. Sé que le preocupa la fama de mujeriego de Aidan, pero cuando comprenda que nos queremos, nos dará su bendición –Jillian tomó un sorbo de su copa. Pero antes de decírselo iré a Maine a ver a Aidan. El fin de semana que viene es su cumpleaños, y he decidido celebrarlo con él.

–¿Y tus prácticas de clínica?

–Hablé con mi profesora y le expliqué que era esencial ausentarme ese fin de semana. Accedió a permitirme hacerlas el fin de semana siguiente.

–Muy amable de su parte.

–Sí. Dijo que lo hacía porque soy buena estudiante con un índice de asistencia perfecto.

–¿Se lo has dicho a Aidan?

–No, voy a darle una sorpresa. Me dijo que como yo no estaría allí, trabajaría ese día y luego vería la televisión y se acostaría temprano.

–¿En su cumpleaños? Eso es terrible.

–Sí, y por eso voy a volar hasta allí para celebrarlo con él.

–Haces lo correcto. Y me alegra que por fin vayas a decirle la verdad a tu hermana. Cuando vea cuánto os queréis, se alegrará por ambos.

–Yo también lo creo –Jillian sonrió.

Jillian salió al balcón y miró el océano mientras recordaba lo que había sucedido después. Se había subido al avión emocionada, deseando contarle a Aidan su decisión de poner fin al secreto de su relación y de celebrar su cumpleaños con él.

Debido al mal tiempo en Atlanta, el vuelo de conexión se había retrasado cinco horas, y no llegó a Portland hasta las seis de la tarde. Tardó una hora más en llegar a su apartamento, deseando usar por primera vez la llave que él le había dado hacía ya un año.

En cuanto salió del ascensor adivinó que había una fiesta en algún sitio. El volumen de la música era atronador. Supo que salía del apartamento de Aidan cuando llegó a su puerta, entreabierta.

Jillian entró y miró a su alrededor. El piso estaba lleno de gente y había más mujeres que hombres, vestidas de forma muy descocada.

Se preguntó qué había ocurrido con la decisión de Aidan de volver a casa, ver la televisión y acostarse. Por lo visto, al final había decidido dar una fiesta. Aidan estaba en el centro de la habitación, sentado en una mecedora, con una mujer sobre el regazo, que se movía como si estuviera bailando. Por su expresión, parecía estar disfrutando de lo lindo. Algunos hombres, supuso que los amigos de Aidan, los animaban. La mujer empezó a moverse de forma más erótica.

Cuando comenzó a quitarse la ropa, empezando por el casi inexistente top que le cubría los senos, Jillian se quedó atónita. Supo que había visto suficiente cuando ella apoyó el pecho en el rostro de Aidan para quitarse las bragas.

Jillian, descompuesta, se marchó. Por suerte, Aidan no la había visto. Lo que más le dolió fue que parecía estar disfrutando de cada segundo del erótico baile. No pudo evitar preguntarse si se limitarían a eso o acabarían haciendo otras cosas.

Cuando Aidan la llamó, unos días después, no mencionó la fiesta, y ella no le dijo lo que había visto. Le preguntó cómo había pasado su cumpleaños y le enfureció que contestara con una pregunta: «¿Por qué te importa eso si no fuiste capaz de hacer el esfuerzo de pasarlo conmigo?».

Se equivocaba. Sí que lo había hecho. Él, en cambio, le ocultaba la verdad. En ese momento decidió acabar con él, pues era obvio que echaba de menos su vida de mujeriego. Cuando la llamó la semana siguiente y le dijo que no podría ir a verla a Nueva Orleans como habían planeado, Jillian cortó por lo sanó y le devolvió su libertad.

Para evitar dramas, le dijo que el secreto de su relación la agobiaba y le impedía concentrarse. No le contó la verdadera razón por la que quería poner fin a la relación.

Eso dio pie a una gran discusión. Él dijo que volaría a Nueva Orleans y le contestó que no quería verle. Después, colgó el teléfono.

La llamó varias veces para hablar con ella, pero no contestó ninguna y, finalmente, terminó por bloquear su número. Lo había visto por última vez hacía unos meses, en la boda de Stern.

Como ya no había razón para contarle a Pam el romance que había mantenido en secreto tanto tiempo, no lo hizo. Lo último que necesitaba era que su hermana le dijera que los mujeriegos no cambiaban nunca de hábitos.

Había pasado un año desde la ruptura. A veces tenía la sensación de haber avanzado, otras no. Era doloroso pensar en el futuro que podrían estar planificando juntos, ya que ella había terminado los estudios, si las cosas hubieran ido bien.

Jillian se secó las lágrimas. Estaba en ese crucero para divertirse y pretendía hacerlo.

—Hola, Adrian.

—Solo llamaba para desearte lo mejor, antes de que el barco zarpe. Espero que todo salga como quieres con Jill.

—Gracias —Aidan también lo esperaba.

Igual que Paige, Adrian y Stern, su primo, habían adivinado hacía un par de años que entre Jillian y él había algo.

—Haré lo que haga falta para recuperarla. Cuando el barco regrese a puerto, espero haberla convencido para que me dé otra oportunidad.

—Bueno, Trinity y yo estamos de tu parte.

—Gracias, hermano —Trinity era la prometida de Adrian e iban a casarse un par de meses después.

Tras poner fin a la llamada, Aidan cruzó la suite para asomarse al balcón. Barcelona era una ciudad preciosa. Había llegado hacía tres días y visitado la ciudad. Había comido en los mejores restaurantes y recorrido las bulliciosas calles deseando que Jillian estuviera a su lado. Confiaba en que lo estuviera cuando regresaran al mismo puerto catorce días después.

Podía imaginarse lo que Jillian había supuesto al ver a esa mujer hacer un baile erótico en su regazo. Él trabajó ese día, como había dicho, pero cuando llegó a casa se encontró con la fiesta sorpresa que le habían organizado sus colegas.

No tenía ni idea de que habían contratado a estríperes y a una bailarina erótica. Pero no podía enfadarse con sus compañeros por querer celebrar su cumpleaños así. Solo sabían que, en los últimos años, un hombre que había sido uno de los más mujeriegos de Boston parecía haberse tomado un descanso en ese aspecto. No tenían ni idea de que su aparentemente aburrido estilo de vida se debía a su relación secreta con Jillian.

Creían que le estaban haciendo un favor. No podía negar que se había soltado tras unas cuantas copas, pero en ningún momento había olvidado que estaba enamorado de Jillian. El baile erótico había sido solo una diversión, y todas las mujeres se fueron cuando acabó la fiesta.

Había cometido un error al no contárselo a Jillian. No podía negar que su actitud había dejado mucho que desear durante el último año de relación. Pero se había debido a cuánto le impacientaba el secreto. Él quería gritar la verdad a los cuatro vientos.

Que algunos de sus hermanos y primos se enamoraran y casaran no había ayudado. Una epidemia había atacado Tierra Westmoreland: se habían celebrado cinco bodas en solo dos años. Era difícil estar con sus felizmente casados parientes sin desear lo mismo para sí. Lo cierto era que había pasado muchos meses airado consigo mismo, con Jillian y con el mundo. Pero en ningún momento había dudado de su amor por ella.

Sus sentimientos no habían cambiado, y por eso estaba allí. Para explicarse y convencerla de que era la única mujer a la que quería.

Sabía que no iba a ser fácil, pero no se rendiría. A ella no le gustaría verlo allí, y menos aún descubrir que Paige e Ivy estaban involucradas. Si Ivy no le hubiera contado a Paige la verdad, él seguiría enfadado y creyendo que Jillian había roto con él porque no estaban de acuerdo en mantener su relación en secreto.

El teléfono de la cabina sonó y fue a contestar.

–¿Sí?

–Espero que la suite te parezca adecuada.

–Más que adecuada, Dominic –Aidan sonrió.

El barco era uno de los muchos que componían la flota de Dominic Saxon. Dominic era el esposo de Taylor, cuya hermana, Cheyenne, estaba casada con Quade Westmoreland, primo de Aidan. Cuando supo que Jillian había reservado un crucero en uno de sus barcos, Dominic estuvo más que dispuesto a ayudar a Aidan a recuperar a la mujer que amaba. Años antes él mismo había estado en una situación parecida.

–Taylor te manda besos, todos te apoyamos. Sé que los malentendidos pueden dar al traste con las relaciones más sólidas, haces bien intentando recuperarla –dijo Dominic–. Te daré el mismo consejo que me dio mi madre cuando tuve problemas con Taylor: «Deja que el amor te guíe para hacer lo correcto». Espero que ambos disfrutéis del crucero.

–Gracias por el consejo. En cuanto a disfrutar del crucero, pienso asegurarme de ello.

Aidan miró a su alrededor. Gracias a Dominic, estaba instalado en la suite del propietario. Era muy espaciosa, con doble balcón. Incluía un dormitorio con una enorme cama, televisión de pantalla plana de setenta y dos pulgadas y otro balcón que iba de pared a pared. En la sala de estar había un sofá que se convertía en cama de matrimonio, otra televisión y una zona de comedor junto a otro balcón. Había nevera, barra de bar y un vestidor. El cuarto de baño era más grande que el de su casa, y tenía jacuzzi y ducha. Podía imaginarse en esa ducha con Jillian.

Salió al balcón y comprobó que mucha gente había salido a cubierta para ver al barco zarpar y agitaba banderitas que representaban los países que visitarían. Esperaba que Jillian asistiera a la fiesta de bienvenida esa noche, y él también iría. Estaba deseando ver la expresión de Jillian cuando descubriera que estaba a bordo.

Fue a darse una ducha.

–Bienvenida, señorita, ¿puedo ayudarla con la máscara?

–¿Máscara? –Jillian enarcó una ceja.

–Sí –el hombre, que lucía un impoluto uniforme blanco, sonrió–. El tema de esta noche es un baile español de carnaval –le ofreció una máscara roja con plumas.

–Gracias –aceptó ella. Le quedaba perfecta.

–¿Su nombre, por favor?

–Jillian Novak.

–Señorita Novak, la cena se servirá dentro de media hora en la sala Madrid; alguien la escoltará a su mesa.

–Gracias.

Entró al enorme vestíbulo, decorado con motivos carnavalescos. En el centro de la sala, un grupo flamenco animaba a la gente a bailar; varios toreros con traje de luces servían bebidas. Cuando una bella mujer le ofreció un abanico de encaje, Jillian lo aceptó sonriendo.

–¿A la señorita le apetece una copa de rioja?

–Sí, gracias –contestó a uno de los camareros.

Jillian tomó un sorbo y apreció el sabor, ni ácido, ni fuerte, con tonos frutales. Mientras bebía, miró a su alrededor. Había mucha gente, la mayoría emparejada. De inmediato, se sintió abandonada, pero desechó la sensación. Aunque no tuviera pareja, quería disfrutar del crucero.

–Perdone, señorita, pero me han pedido que le dé esto –la mujer que le había dado el abanico, le entregó una rosa roja.

–¿Quién? –Jillian miró a su alrededor, intrigada.

–Un hombre muy guapo –la mujer se alejó.

Jillian sintió cierta inquietud. Se preguntó qué tipo de hombre iría solo a un crucero. Una vez había visto una película en la que un asesino en serie perseguía a las mujeres solteras en un crucero, las mataba y las arrojaba al mar.

Inspiró profundamente, consciente de que se estaba dejando llevar por la imaginación. Seguramente, el hombre la había visto sola y quería demostrar que estaba interesado en ella con esa rosa. Romántico pero inútil. Por muy guapo que fuera, Jillian no estaba lista para una relación. Aunque había pasado un año, seguía comparando a todos los hombres con Aidan. Esa era la razón de que no hubiera salido con nadie en ese tiempo. Habría apostado a que Aidan, por su parte, no había perdido el tiempo en ese sentido.

Decidió no pensar en eso. Le daba igual lo que Aidan hiciera y con quién. Curiosa, buscó a algún hombre solo entre la gente; excepto los toreros que servían copas, todos tenían compañía.

Jillian miró su reloj. Tomó otro sorbo de vino y le extrañó sentir, de repente, calor en la piel y un cosquilleo de deseo. Estaba preguntándose a qué se debía cuando lo vio. Un hombre que lucía una máscara de plumas color azul verdoso estaba solo al otro extremo de la habitación, observándola. Se preguntó si era él quien le había enviado la rosa. ¿Quién era?

Le parecía extrañamente familiar. Todo en él le recordaba a Aidan. La altura, la constitución, el corte de pelo…

Sacudió la cabeza. Estaba perdiendo el sentido. Necesitaba otra copa de vino. Entonces, el hombre empezó a caminar hacia ella. Y supo que no estaba loca. No sabía cómo ni por qué, pero estaba segura de que era Aidan. Ningún otro hombre andaba como él, ni tenía esos anchos hombros.

Era puro sexapil andante. Su paso era seguro y erótico. No sabía cómo podía afectarla tanto un año después. Inhaló aire. Quería saber por qué estaba en ese crucero, se negaba a creer que fuera una coincidencia.

Se puso tensa cuando él se detuvo ante ella. Había captado su olor y su cuerpo reaccionaba ante él. Una corriente eléctrica chisporroteó entre ellos. Vio en sus ojos que él también la sentía.

Ella no quería ni necesitaba ese tipo de atracción sexual. Resopló con frustración.

–Aidan, ¿qué haces tú aquí?

A Aidan no le sorprendió que le hubiera reconocido a pesar de la máscara. Al fin y al cabo, habían compartido cama durante tres años, lo conocía de dentro afuera. Y él a ella. De hecho, sabía exactamente que bajo el ajustado vestido negro solo llevaba un sujetador y un tanga. Seguramente de encaje. Con su tipo, podía permitirse ponerse cualquier cosa, o nada. Él la prefería sin nada.

–He preguntado qué haces aquí –sonó irritada.

–Siempre he querido hacer un crucero por el Mediterráneo –respondió él.

–¿Y quieres que crea que esto es una coincidencia? ¿Que no sabías que estaría aquí?

–No he dicho eso.

–Entonces, ¿qué tienes que decir, Aidan?

–Te lo contaré después de cenar –dejó su copa de vino en la bandeja de un camarero que pasaba, por si a Jillian se le ocurría tirársela a la cara.

–¿Después de cenar? No, dímelo ahora.

–Creo que sería mejor seguir hablando fuera –dijo él, al ver que empezaban a llamar la atención.

–Yo no –frunció el ceño–. Puedes decirme lo que quiero saber aquí mismo.

Enfadada, se inclinó hacia él, tanto que sus labios casi se rozaron. Demasiado cerca. Él sintió un cosquilleo en el labio inferior y se le aceleró el corazón al recordar su sabor. Un sabor al que era adicto y que hacía un año que no probaba.

–Si fuera tú, no acercaría más esa boca –le advirtió con voz ronca y susurrante. Ella parpadeó y dio un paso atrás.

–Quiero respuestas, Aidan. ¿Qué haces aquí?

–Estoy en este crucero para recuperarte, Jillian.

Capítulo Once

Jillian lo miró fijamente mientras procesaba sus palabras. Decidió que sí que sería mejor hablar en un sitio más privado. Se quitó la máscara.

–Será mejor que salgamos, Aidan –una vez en el pasillo, se volvió hacia él–. ¿Cómo te atreves a suponer que venir a este crucero bastará para recuperarme?

Aidan se quitó la máscara y ella tuvo que contener un pinchazo de deseo al verle el rostro. Estaba aún más guapo que antes. Incluso parecía más alto y musculoso de lo que ella recordaba.

–Lo he pensado bastante –dijo él, apoyándose en una barandilla.

–Sin duda, no lo suficiente –le devolvió ella, que no podía evitar recorrerlo con la mirada–. Es evidente que has olvidado algo muy importante respecto a mí.

–¿Qué? ¿Lo testaruda que eres? –preguntó él, sonriente, como si le divirtiera su enfado.

–Eso también, pero sobre todo que cuando decido algo, es definitivo. Y decidí que mi vida discurriría con más calma sin ti –le escrutó el rostro, pero no vio qué efecto tenían sus palabras.

–Siento que pienses eso, Jillian –dijo él tras un

breve silencio–. Pero tengo la intención de demostrar que te equivocas.

–¿Qué? –preguntó, atónita

–Durante los próximos catorce días pienso demostrarte que tu vida no puede discurrir con más calma sin mí. De hecho, probaré que ni siquiera te gusta la calma. Necesitas turbulencias, furor e incluso un toque de caos.

–Si opinas eso, no me conoces lo más mínimo –movió la cabeza de lado a lado.

–Te conozco. Y también sé la razón de que rompieras conmigo. ¿Por qué no me contaste lo que interpretaste la noche de mi fiesta de cumpleaños?

Ella se preguntó cómo había descubierto aquello. Pero a esas alturas, no importaba.

–No es lo que creí ver, Aidan. Es lo que vi. Una mujer haciendo un baile erótico encima de ti, del que parecías disfrutar, y que no tardó en desnudarse –decirlo la llevó a revivir la escena en su mente, y eso la llenó de ira.

–Era una estríper contratada, Jillian. Como todas las mujeres que había allí esa noche. Mis compañeros pensaron que hacía tiempo que llevaba una vida aburrida y anodina, y decidieron añadirle algo de emoción. Admito que el asunto se les fue de las manos.

–Y tú disfrutaste de cada minuto.

–Bebí unas cuantas copas y…

–Y no recuerdas lo que hiciste, ¿es eso?

–Lo recuerdo perfectamente. Aparte del baile erótico no ocurrió nada más.

–¿No te parece bastante? –a ella le irritaba que quitara importancia al que varias mujeres se exhibieran desnudas en su casa–. ¿Y por qué no me hablaste de la fiesta? Me hiciste creer que habías seguido el plan original: ver la televisión y acostarte temprano.

–Admito que tendría que habértelo dicho y que no hacerlo estuvo mal –suspiró–. Pero estaba enfadado. Era mi cumpleaños y quería pasarlo contigo. Pensaba que tendrías que haber hecho el esfuerzo de ir a verme. No sabía que habías cambiado de opinión y volado a Portland –hizo una pausa–. Después de la ruptura, comprendí que en los últimos meses mi actitud había sido muy desagradable, por lo que te pido disculpas. Estaba frustrado por el secreto de la relación, el trabajo y el poco tiempo que podía pasar contigo.

Desde el punto de vista de Jillian, su actitud, más que desagradable, se había vuelto inaceptable. Él no era el único que se había sentido frustrado. Por eso había decidido confesárselo todo a Pam.

–Ahora que has acabado la facultad, no hay razón para mantener el secreto más tiempo –dijo él, interrumpiendo sus pensamientos.

–No veo razón para revelarlo. Nunca –arguyó ella–. Sobre todo por una razón muy importante.

–¿Cuál es esa razón?

–Que no estamos juntos ni lo estaremos nunca.

***

Volverían a estar juntos, Aidan contaba con ello. Por eso estaba en el crucero. Ella no había dicho que hubiera dejado de amarlo, y mientras tuviera sentimientos por él, conseguiría su objetivo. Incluso si dijera que no lo quería, le demostraría que se equivocaba. Su relación estaba pasando por un bache y podían resolverlo.

–Si de veras crees eso, entonces no tienes por qué preocuparte –dijo.

–¿Qué quieres decir con eso?

–Que mi presencia en este barco no tendría por qué molestarte.

–Y no lo hará, si no te conviertes en un estorbo –le devolvió ella, alzando la barbilla.

–¿Un estorbo? Lo dudo –sonrió–. Pienso recuperarte, como he dicho. Y seguiremos con nuestra vida. Veo boda y bebés en nuestro futuro.

–Debes de estar de broma –ella se rio–. ¿No has oído lo que he dicho? No volveremos a estar juntos, luego no tenemos un futuro,

–¿Estás dispuesta a tirar a la basura los tres últimos años?

–Lo que he hecho ha sido facilitarte las cosas.

–¿Para qué?

–Para que vuelvas a tu vida de mujeriego. Parecías disfrutar tanto en tu fiesta de cumpleaños que no querría negarte esa oportunidad.

–Dejé de ser un mujeriego cuando me enamoré de ti –se cruzó de brazos sobre el pecho.

–Cualquiera lo diría si te hubiera visto con esa bailarina encima y la casa llena de estríperes.

—Como he dicho, yo no las invité.

—Pero podrías haberles pedido que se fueran.

—Cierto —se encogió de hombros—, pero tendrás que aprender a confiar en mí, Jillian. Mi actitud antes de esa noche dejó mucho que desear, pero nunca te he traicionado con otra mujer. ¿Vas a castigarme para siempre por una noche de fiesta?

—No te estoy castigando, Aidan. No te estoy haciendo nada. Yo no te invité a este crucero. Fuiste tú quien... —calló y lo miró con suspicacia—. Se suponía que Paige y yo íbamos a hacerlo juntas, pero al final ella no pudo venir. Por favor, no me digas que tuviste algo que ver con eso.

—De acuerdo, no te lo diré —Aidan sabía que acabaría atando cabos, pero no tan pronto.

—¿Le contaste lo nuestro a Paige? —le espetó ella, acercándose de nuevo—. Ahora sabe que me engañó un mujeriego.

—No soy un mujeriego, y yo no le dije nada. Lo adivinó ella solita. Ivy le contó lo que habías visto y Paige me lo contó a mí. Y se lo agradezco.

Por la expresión de Jill, supo que ella no lo agradecía en absoluto.

—Ahora mismo estoy muy enfadada contigo, Aidan. Eres...

—Ye advertí de que no te acercaras —dijo él, atrayéndola a sus brazos.

Después, le capturó la boca.

En vez de apartarlo de sí, le rodeó el cuello con los brazos.

Un ruido de voces hizo que se separaran. Ella

tomó aire y le dio la espalda. Había sido un beso excepcional que la había electrizado.

–Creo que estás equivocado, Aidan –consiguió decir tras darse la vuelta.

–Después de ese beso, yo diría que no.

–Piensa lo que quieras –se alejó de él.

–Eh, ¿adónde vas? La sala Madrid está por allí.

–Pediré algo al servicio de habitaciones –contestó Jillian. Siguió andando, aunque percibía la mirada abrasadora de él clavada en su espalda.

Aidan la observó alejarse, admirando el bamboleo de sus caderas. Quería a esa mujer. Puso rumbo a su cabina, pensando que lo del servicio de habitaciones sonaba bien. Además, por el momento, ya le había causado suficiente impacto. Al día siguiente iría a más. Sonrió al recordar que ella le había advertido de que no la estorbara.

Jillian consultó la hora antes de llamar a Paige. En Los Ángeles eran las diez de la mañana, así que su hermana estaría disponible.

–¿Por qué me llamas? ¿No sale carísimo llamar desde altamar?–preguntó Paige de inmediato.

–No te preocupes del coste. ¿Por qué no me dijiste que sabías lo de mi relación con Aidan?

–¿Por qué no me lo dijiste tú para que yo no tuviera que decírtelo a ti? Y no me digas que se suponía que tenía que ser un secreto.

—Es que lo era. ¿Cómo lo descubriste?

—No fue difícil. Los dos empezasteis a descuidaros. Aidan te llamó Jilly un par de veces, y noté que salivabas cada vez que lo veías.

—No salivaba.

—Desde luego que sí. Además, sabía que te había gustado cuando lo conocimos en la fiesta de compromiso de Pam. Me tuviste toda la noche en vela, venga a preguntar: «Aidan es muy guapo, ¿verdad, Paige? ¿No te parece un encanto?».

Jillian sonrió al recordarlo. Aidan la había impresionado. Aunque Adrian y él eran gemelos idénticos, había sido Aidan quien la había encandilado.

—Pues gracias a ti, ahora está aquí y quiere que vuelva con él.

—¿Quieres volver con él?

—No. Tú no viste ese baile erótico. Yo sí.

—He visto más de uno. Sé que pueden ser bastante indecentes. Pero era su fiesta de cumpleaños. Organizada por sus amigos; y la bailarina y las estríperes eran la animación.

—Menuda animación —farfulló ella—. Él disfrutaba. Tendrías que haber visto su expresión cuando la mujer le puso los pechos en la cara.

—Por favor. Es un hombre. Les gusta ver un buen par de tetas. ¿Te sentirías mejor si contratara a unos estríperes macizos para tu próximo cumpleaños?

—No tiene gracia, Paige.

—No me estoy riendo. Si acaso, gimo. ¿Te imaginas a uno de esos tíos bailando en tu regazo? Yo sí. Y en este momento se me está desbocando la imaginación.

–Una cosa más antes de colgar, ¿de verdad conseguiste un papel en una película de Spielberg?

–No.

–Me mentiste.

–Estaba actuando, y es obvio que bordé el papel. Tienes decisiones serias que tomar respecto a Aidan. Pero te apresures, tienes catorce días. Disfruta del crucero, de la vida y de Aidan. Está empeñado en recuperarte. Me gustaría estar allí para verlo. Y, por cierto, apuesto por él.

–Pues perderás. Adiós, Paige –Jillian colgó. No iba a dejar que su hermana dijera la última palabra, estaba segura de que no le habría gustado oírla.

Dijera lo que dijera Paige, ella no había sido testigo de ese baile erótico. No había visto la sonrisa libidinosa de Aidan cuando miraba a la mujer medio desnuda que se le echaba encima. Jillian no tenía la menor duda de que había disfrutado de cada segundo. Si no hubiera querido a esas mujeres en su casa, les habría dicho que se fueran. Además, no podía estar segura de que una de ella no hubiera pasado la noche con él. Ella, más que nadie, conocía el apetito sexual de Aidan, y en esa época hacía tres meses que no se veían.

Capítulo Doce

–Buenos días, Jillian.

Jillian alzó la vista del libro que estaba leyendo para ver a Aidan ocupar la tumbona que había junto a la suya, cerca de la piscina.

–Buenos días –gruñó, volviendo a la lectura. Aunque se había acostado temprano, no había dormido bien. El hombre que tenía al lado había invadido sus sueños durante toda la noche.

–¿Has desayunado ya?

–Sí –recordó las tortitas con sirope que había comido–. Estaba delicioso.

–Mmm, apuesto a que no tanto como tú. ¿Quieres venir a mi cabina y ser mi desayuno?

La pregunta hizo que una chispa de fuego se le asentara entre los muslos.

–No deberías decirme esa clase de cosas.

–¿Preferirías que se las dijera a otra?

–Haz lo que quieras–. Durante el desayuno vi a un grupo de mujeres que parecían solteras. Creo que una comentó algo de que eran socias un club de lectura.

–¿Quieres que me interese por otras mujeres?

–Me es igual. ¿Necesito recordarte que no estamos juntos?

–¿Necesito recordarte yo que pienso solucionar eso? Por cierto, tengo una proposición.

–Sea la que sea, la respuesta es no.

–No la has oído –rio él.

–Da igual.

–¿Estás segura?

–Por completo.

–Vale. Me alegro. De hecho, me has alegrado el día al rechazarla –la miró, sonriente.

–¿En serio? –arrugó la frente–. ¿Y cuál era esa proposición, exactamente?

–Creí que no querías oírla –se burló él.

–He cambiado de opinión.

–Supongo que estás en tu derecho –se incorporó en la tumbona. Ella intentó no fijarse en los pantalones cortos que llevaba y en cómo se le amoldaban al cuerpo. Ni en lo bien que le sentaba la camiseta, que le realzaba los abdominales.

Le tiró de la mano para incorporarla, como si no quisiera que nadie oyera lo que iba a decir.

–¿Y bien? –Jillian intentó ignorar el cosquilleo que sentía en la piel.

–Eres consciente de que solo he venido a este crucero para recuperarte, ¿verdad?

–Eso es lo que dices –se encogió de hombros.

–Bueno, pues tras pensar en algunas de las cosas que dijiste anoche, quería ofrecerte la oportunidad de tomar algunas decisiones.

–¿Como cuáles? –lo miró interrogante.

–Como si debería o no perseguirte. No quiero convertirme en ese estorbo que insinuaste que podía ser. Así que mi proposición era dejarte en paz y esperar a que tú vinieras a mí. Pero te recuerdo que acabas de rechazarla de plano.

–¿Qué significa eso, Aidan? –preguntó ella, sabiendo que no iba a gustarle la respuesta.

Él se inclinó para susurrarle al oído. Su cálido aliento fue como una caricia sensual en su piel.

–Te deseo tanto, Jillian, que duele. Y eso significa que no me rendiré hasta volver a tenerte en mi cama.

De inmediato, ella sintió que los pezones se le erizaban. Se echó hacia atrás para mirarlo y la sensualidad de su mirada casi le hizo gemir.

–Antes de que lo preguntes, la respuesta es no. No se trata solo de una cuestión de sexo –murmuró él con voz grave–. Es cuestión de tener a la mujer a quien quiero física y mentalmente. Siempre estás en mi cabeza, pero físicamente hace más de un año que no te tengo.

Ella inspiró profundamente y sintió la esencia de sus palabras en cada terminación nerviosa de su cuerpo.

–Que necesites sexo no es mi problema –dijo.

–¿No? –contraatacó él–. ¿Puedes mirarme a los ojos y decir que no me deseas tanto como yo a ti? ¿O que anoche no soñaste con hacer el amor conmigo? ¿Con tenerme dentro de ti? ¿Con montarme? ¿Con sentir mi lengua en tu boca y en otros muchos lugares de tu cuerpo?

Ella lo miró en silencio, pero su cuerpo se inflamó como respuesta a las imágenes que había pintado.

–No pienso admitir nada de eso, Aidan.

–No hace falta –dijo él con una sonrisa grave–. Y no se trata de que yo necesite sexo, sino de que te necesito a ti –hizo una pausa para que procesara sus palabras–. Eso me lleva a otra propuesta que me gustaría hacer.

–¿Y qué propuesta es esta vez?

–Que bajes la guardia durante el resto del crucero –se inclinó hacia ella–. Cree en mí y cree en ti misma. Cree en nosotros. Quiero que veas que sigo siendo el hombre que te ama, que siempre te amará. Sin embargo, si al final del crucero, por la razón que sea, sigues sin creerlo o piensas que no podemos comprometernos de por vida, nos separaremos y cada uno seguirá su camino.

Ella miró hacia el océano. En contraste con el tumulto interior que sentía, el mar estaba en calma. Aidan le estaba pidiendo mucho y lo sabía. Su propuesta suponía olvidar la razón por la que había roto con él.

–¿Quieres que olvide todo lo ocurrido, Aidan? –volvió a mirarlo–. ¿Incluido el incidente que provocó nuestra ruptura?

–No, no quiero que olvides nada de nada.

–¿Por qué? –se sorprendió ella.

–Porque es importante que aprendamos de los errores que hemos cometido, y no podremos hacerlo si los dejamos a un lado por pura conveniencia. Deberíamos hablar abierta y sinceramente. Eso nos ayudará a construir algo positivo a partir de nuestras discusiones. Te quejas mucho de lo que yo hacía pero, ¿y tú, Jillian? ¿Crees que no tenías ninguna culpa?

–No, pero…

–No quiero entrar en eso ahora, pero ¿te has dado cuenta de que contigo siempre hay un «pero» de por medio?

–No, no lo había notado, pero es obvio que tú sí –frunció el ceño. Estaba dispuesta a compartir parte de la culpa, pero no había sido ella quien había disfrutado de bailes eróticos.

–La propuesta sigue en la mesa. He sido completamente sincero contigo, Jillian. Te he expresado mis intenciones y mis deseos.

Era verdad. Y sabía que, si lo permitía, estaría sobre ella de inmediato. Jillian inclinó la cabeza para mirar en lo más profundo de sus ojos.

–¿Me prometes que si las cosas no funcionan como creemos que deberían, al final del crucero seguirás tu camino y dejarás que yo siga el mío?

–Me resultará difícil de hacer, pero sí –él asintió lentamente–. Quiero que seas feliz, y si tu felicidad requiere que no forme parte de tu vida, lo aceptaré. Serás tú quien tome la decisión, y me gustaría saber cuál es la noche antes de volver a Barcelona.

Ella digirió sus palabras. Lo había dejado todo claro. Sin embargo, sabía que incluso si no lo quería en su vida, nunca estaría fuera de ella; tenían un vínculo familiar. Eso sería difícil de manejar.

–¿Y la familia? –preguntó–. Paige, Stern y Adrian conocen nuestro secreto. Si las cosas no funcionan entre nosotros, podría afectarles.

–Nos enfrentaremos a eso, si sucede. Juntos. Aunque no seamos amantes, no hay razón para no seguir siendo amigos. Además, ¿estás segura de que no lo saben más miembros de la familia, además de esos tres? Creo que otros podrían sospechar algo, aunque no lo hayan dicho.

–Da igual quien lo sepa. Ya había decidido decírselo a Pam.

–¿Sí? –sus ojos expresaron sorpresa.

–Sí.

–¿Cuándo?

–Después de hablarlo contigo, lo que pretendía hacer cuando volé a Portland en tu cumpleaños.

–Oh.

Ella suspiró. Era obvio que no había sabido que iba a liberarlo de la promesa de secreto.

–Después, cuando lo nuestro acabó, no vi necesidad de contarle nada a Pam. De hecho, cuanto menos supiera, mejor.

–¿Qué respondes a mi propuesta? –preguntó Aidan tras un largo silencio.

Jillian se mordió el labio inferior. Se preguntaba por qué no podía rechazarlo de plano. Sabía que una de las razones era que su mente albergaba muchos recuerdos de buenos momentos compartidos. No todo había sido malo.

Se dijo que, si aceptaba su propuesta, tampoco tenía mucho que perder. Ya tenía el corazón roto, y el año de separación había sido difícil. Además, no podía negar que le gustaría estar con él abiertamente, sin secretismo. Siempre que la había visitado en Laramie, ella había estado en guardia, temiendo encontrarse con alguien que conociera a Pam. La idea de dedicar el resto del crucero a probar la fuerza de su relación tenía sentido.

–Sí –lo miró a los ojos–. Acepto tu propuesta y exigiré que cumplas tu palabra, Aidan.

Esa noche, cuando Aidan se cambiaba para cenar, rememoró las palabras de Jillian.

–Muy bien, nena, exígeme que cumpla mi palabra –murmuró–. Así debería ser. Y así será.

El día había ido justo como él había pretendido. Después de que ella aceptara su propuesta, la había convencido para que lo acompañara a cubierta a desayunar. Habían elegido una mesa con una bonita vista del océano. Tras el desayuno fueron al salón Venus, donde estaba en marcha una sesión de bingo. Después visitaron la galería de arte y disfrutaron de un delicioso almuerzo. Luego, como ella había reservado hora en el spa, él dio una vuelta por el impresionante barco.

A la mañana siguiente, antes del amanecer, llegarían a Montecarlo y de allí continuarían viaje a Florencia. Aidan estaba deseando visitar las ciudades.

Sonrió mientras se ponía los gemelos. Pasar el día con Jillian le había recordado cuánto le gustaba a ella salirse con la suya. En el pasado lo había permitido, pero no lo haría en el crucero. De hecho, tenía intención de enseñarle el arte del compromiso. Esa era la auténtica razón de que hubiera sugerido que ella fuera a buscarlo para ir a cenar, en vez de al revés. Aunque no había protestado, él notó que no le gustaba la idea.

Oyó un golpecito en la puerta y fue a abrir. Al verla, se quedó mudo. Llevaba un vestido largo, de color rojo, que se le ajustaba a cada una de las curvas, y el pelo recogido con algunos rizos sueltos que le caían enmarcando su bello rostro. La miró de arriba abajo, boquiabierto.

—Entra. Estás impresionante —dijo.

—Gracias —contestó ella, entrando en la suite—. Llego algo temprano, espero que no te moleste.

—No, qué va. Solo me falta ponerme la corbata.

—Esta suite es fantástica. Pensaba que la mía era grande, pero esta triplica su tamaño.

—Es la suite personal del propietario.

—¿En serio? ¿Y cómo has tenido esa suerte?

—Es amigo mío. ¿Recuerdas a mi primo Quade, el que vive en Carolina del Norte?

—¿El que tiene trillizos?

—Sí, ese. Quade y el propietario del barco, Dominic Saxon, son cuñados. Sus esposas, Cheyenne y Taylor, son hermanas.

—Conocí a Cheyenne en la boda de Dillon y Pam. Los trillizos son adorables. Pero no recuerdo haber conocido a Taylor.

—Te presentaré a Taylor y a Dominique si algún día vienes a visitarme a Charlotte —se puso la corbata—. Estoy listo, ¿vamos?

—Cuando quieras.

Sintió la tentación de besarla, pero se contuvo. Conociéndolo como lo conocía, seguramente se lo esperaba. Pero esa noche, él tenía intención de mantenerla en vilo. En otras palabras, iba a sorprenderla.

—¡Hola, Aidan!

Jillian adivinó que las mujeres con las que compartían mesa iban a estar pendientes de Aidan toda la noche. Eran las socias del club de lectura. .

—Veo que ya las conoces —le susurró.

—Sí, las conocí dando un paseo por el barco, mientras tú estabas en el spa.

—Buenas noches, señoritas. ¿Cómo estáis todas? —preguntó Aidan con familiaridad.

—Muy bien —dijeron todas a la vez. Algunas sonreían como si les fuera la vida en ello.

—Quiero presentaros a alguien —decía Aidan—. Esta es Jillian Novak. Mi pareja.

—Oh.

Jillian captó decepción en las voces de las seis mujeres. Sus enormes sonrisas se apagaron.

—Hola a todas —esbozó una sonrisa radiante, para recordarles cómo se hacía. No todas le devolvieron el saludo, pero le dio igual; estaba pensando en cómo la había presentado Aidan.

«Mi pareja».

Era la primera vez que la presentaba. Se dio cuenta de que, exceptuando a Ivy, ella tampoco se lo había presentado a nadie.

Cuando llegó el camarero a tomarles nota, Jillian escogió pescado y Aidan carne. Mientras pedían, ella escrutó discretamente a las seis mujeres, que conversaban con Aidan. Todas bellas, bien vestidas, profesionales y solteras.

–¿Cuánto tiempo lleváis juntos? –preguntó una de ellas, que se había presentado como Wanda.

–Cuatro años –contestó Aidan, mientras untaba mantequilla en el pan. Jillian decidió no recordarle que habían estado separados uno de ellos.

–¿Cuatro años? ¿En serio? –preguntó otra, Sandra, con una sonrisa forzada.

–Sí, en serio –replicó Jillian, sabiendo adónde quería llegar. Tras cuatro años, Jillian debería llevar un anillo en el dedo.

–Entonces, supongo que ataréis el nudo pronto –era obvio que Wenda buscaba información. Las demás también afilaban el oído.

–Cuanto antes mejor, si dependiera de mí –dijo Aidan poniendo una mano sobre la de Jillian. Ella intentó no mostrar su sorpresa–. Pero yo me uniré al departamento de Cardiología del Johns Hopkins en otoño, y Jillian acaba de graduarse en Medicina, así que aún no hemos fijado la fecha.

–¿Los dos sois médicos? –preguntó Sandra, sonriente.

–Sí –contestaron Aidan y Jillian al unísono.

–Eso es genial. Nosotras también. Faye, Sherri y yo terminamos Medicina en Meharry hace un par de meses, y Wanda, Joy y Virgina acaban de terminar Farmacia en Florida.

–Felicidades a todas –dijo Jillian con una sonrisa genuina. Sabía el trabajo y dedicación que exigía cualquier especialidad médica.

–Felicidades a ti también –dijeron las mujeres.

–Gracias –A Jillian le creció la sonrisa.

Aidan miró a Jillian mientras salían de la sala de música, donde habían escuchado a un grupo de jazz en directo. Había estado muy callada desde la cena, y se preguntaba qué estaría pensando.

–¿Has disfrutado en la cena? –preguntó.

–Sí. ¿Y tú?

–Ha sido agradable –se encogió de hombros.

–¿Agradable? Eras el único hombre en una mesa de mujeres, ¿y sólo te ha parecido agradable?

–Pues sí –dijo él, preguntándose si eso iba a llevar a una discusión que no quería tener–. ¿Qué te han parecido nuestras compañeras de mesa?

–Tal vez debería preguntar yo qué te han parecido a ti –Jillian se apoyó en una barandilla.

–Bonitas. Las siete. Pero la más guapa era la que llevaba el vestido rojo. Jillian Novak. Ella era impresionante. La palabra «sexy» se creó para ella.

–Te estás pasando un poco, ¿no, Aidan? –Jillian sonrió y movió la cabeza de lado a lado.

–No si sirve para que entiendas.

–¿Qué tengo que entender?

–Que eres al única mujer a la que deseo. La única que hace que la sangre me hierva en las venas.

–Eso parece serio, doctor Westmoreland –Jillian soltó una risita.

–Lo es –la miró– ¿Te das cuenta de que es la primera vez que me llamas doctor Westmoreland?

–Sí, lo sé. Y esta noche me di cuenta de que es la primera vez que me has presentado a alguien.

–Sí. A veces deseé poder hacerlo.

«Pero no podías porque yo te obligué a mantener el secreto», pensó ella.

–Y hoy lo hice por fin.

–Sí. Y, de hecho, mentiste dos veces.

–¿Cuándo?

–Al decir que era tu pareja.

–No mentí. Lo eres. No hay nadie más importante que tú en mi vida –dijo él.

Jillian no supo qué decir a eso. El silencio se alargó y se preguntó si él esperaba una respuesta.

–¿Cuál fue la otra? –preguntó él, poco después.

–¿Qué otra?

–Mentira. Has dicho que dije dos.

–Ah. La del tiempo que llevamos juntos. Dijiste cuatro años y fueron tres –empezó a andar.

–No, cuatro. El año que pasamos separados no significó nada para mí, excepto ira y frustración. Además, seguías aquí –se llevó la mano al pecho–. Durante cada hora del día y en todos mis sueños.

–Eso suena injusto para las demás –dijo ella, alejándose un poco de él mientras seguía andando.

–¿Qué otras?

–Las mujeres con las que salieras ese año.

–¿De qué estás hablando? –le agarró de la mano y la llevó hacia la barandilla de nuevo–. No salí con ninguna mujer el año pasado.

–¿Por qué? –al escrutarle el rostro, le pareció sincero–. Creí que lo harías. Supuse que lo habías hecho.

–Ah, ya –repuso él con tono burlón–. Porque soy un mujeriego, claro.

Jillian oyó el tono enojado de su voz pero, sí, era justo lo que ella creía. Era la razón por la que había roto con él, para que tuviera la libertad de volver a su antigua vida. Tomó aire.

–Aidan, yo…

–No, no lo digas –apretó la mandíbula–. Lo que sea que vas a decir, Jillian, no lo digas –se miró el reloj–. Sé que te gusta acostarte temprano, así que te acompañaré a tu cabina. Yo iré a tomar una copa en alguno de los bares.

–¿Quieres compañía? –preguntó ella tras un breve momento de silencio.

–No. Ahora mismo, no.

–Vale –ella sintió un pinchazo de dolor en el pecho–. No hace falta que me acompañes.

–¿Estás segura?

–Sí –forzó una sonrisa–. Conozco el camino.

–De acuerdo. Iré a buscarte para desayunar alrededor de las ocho.

–Bien. Hasta mañana a las ocho –le respondió.

Pensó que tal vez al día siguiente él ya no querría su compañía. Reconcomida por el dolor que se había provocado a sí misma, lo observó alejarse.

Capítulo Trece

Aidan se obligó a abrir los ojos cuando oyó golpes que venían de la sala de estar.

–¿Qué diablos? –cerró los ojos cuando un intenso dolor le taladró la cabeza. Entonces recordó la noche anterior. Cada detalle.

Había pasado por el bar pero, como estaba muy lleno, se fue a su cabina. Pidió una botella de su whisky favorito al servicio de habitaciones y se sentó en el balcón, a contemplar el océano. No se bebió la botella entera, pero sí lo bastante para justificar el terrible dolor de cabeza que tenía.

Miró el reloj que había en la mesilla. Eran las diez de la mañana. Maldijo para sí. Había prometido llevar a Jillian a desayunar a las ocho. Podía imaginarse lo que habría pensado cuando no había aparecido. Se sentó al borde de la cama y tomó aire. Eso ya no tenía por qué importarle.

–Señor Aidan –dijo el asistente de cabina–, ¿quiere que limpie su habitación ahora?

–Vuelva más tarde, Rowan.

Cuando oyó que la puerta se cerraba, volvió a tumbarse. Sabía que debería llamar a Jillian, pero seguramente se había cansado de esperarlo y había ido a desayunar sola. Se la imaginó comiendo tortitas mientras pensaba locuras sobre él. Decidió que más le valía levantarse, vestirse y buscarla para que dejara de pensar mal.

Oyó un golpecito en la puerta. Supuso que era el asistente de nuevo, así que se puso el pantalón del pijama y fue decirle que volviera después.

Abrió la puerta y allí estaba Jillian, con una bandeja de comida.

–¿Jillian¿ ¿Qué haces aquí?

–Tienes un aspecto horrible –dijo ella, mirándolo de arriba abajo.

–Me encuentro fatal –masculló él, dejándola entrar. Ella puso la bandeja en la mesa del comedor. Al él le golpeteaba la cabeza, pero no tanto como la erección que sufrió al verla. Llevaba unos pantalones cortos que le permitían lucir sus fantásticas piernas. El pelo suelto le caía por los hombros y llevaba unos aros dorados en las orejas. Demasiado sexy para esa hora de la mañana.

–Se me ha ocurrido traerte algo de comer.

–¿Y qué más? –preguntó él cerrando la puerta.

–¿Y qué más? –ella enarcó una ceja.

–¿Qué otras razones tienes para venir aquí? Deja que adivine. Has pensado que anoche me traje aquí a una mujer y querías cazarme en el acto. ¿Correcto? Adelante, Jillian, registra el dormitorio si quieres. El cuarto de baño también. Y no olvides los balcones, por si la he escondido ahí fuera.

–Supongo que me lo merezco –dijo Jillian tras una larga pausa–. Pero…

–Por favor. Nada de peros, Jillian. Estoy harto

133

de oírtelos. Deja que te pregunte algo. Dado que crees que yo no he dejado mujer en pie, ¿con cuántos hombres te has acostado durante el año que llevamos separados?

—Con ninguno

—¿Por qué?

—Porque no he querido —alzó la barbilla.

—¿Por qué no? Habías roto conmigo. ¿Por qué no te acostaste con ningún otro hombre?

Jillian sabía que había metido la pata la noche anterior y había estado deseando ver a Aidan y pedirle disculpas. Cuando no apareció a las ocho, como había prometido, pensó por un segundo que podía haber pasado la noche con otra. Pero desechó la idea al recordar su expresión cuando le dijo por qué la había presentado como su pareja.

«En mi vida no hay nadie más importante que tú».

Le había creído. No se había acostado con otra mujer por la misma razón que ella no se había acostado con otro hombre.

—¿Jillian?

Lo miró a los ojos.

—Nunca se me ocurrió acostarme con otro hombre, Aidan, porque aún te quería, a pesar de lo que vi. Mi cuerpo tiene tus huellas grabadas y me enferma la idea de que otro hombre lo toque. No pensaba que te encontraría con otra mujer. He venido a pedirte disculpas. Supuse que no viniste a desayunar porque seguías enfadado conmigo. Y anoche comprendí que me lo merecía.

—¿Por qué crees que te mereces mi ira?

—Porque todo es culpa mía. Solo mantuviste nuestro romance en secreto porque yo te lo pedí. Anoche, cuando llegué a mi habitación, reflexioné. Me obligué a ver la situación desde otro punto de vista. ¿Sabes lo que vi, Aidan?

—No, ¿qué viste, Jillian?

—Vi a un hombre que me quería lo suficiente para aguantar mis tonterías. Nunca pensé en lo que supondría mantener el secreto. Vi los sacrificios que hiciste para visitarme siempre que podías, el tiempo y dinero que gastaste. Yo no era la única que tenía un objetivo. Tú también tenías tu vida y la tensión que supone una doble residencia.

Lo miró a los ojos y tomó aire.

—Puedo imaginar lo que pensaron tus amigos cuando de repente te convertiste en un santo sin razón aparente. Entiendo que quisieran alegrarte la vida con unas mujeres. Ese era el Aidan que conocían y, por desgracia, el que yo creía que echabas de menos. Esa noche, cuando aparecí en la fiesta, tendría que haberme dado cuenta de que solo estabas divirtiéndote. Tendría que haberte querido y confiado en ti lo suficiente como para saber que no me traicionarías. Que yo era para ti más que una bailarina con pechos de silicona.

—Tienes razón. Significas más para mí que ninguna mujer, Jillian —dijo él con voz suave—. Y te equivocabas al pensar que echaba de menos mi vida anterior. Lo que echo de menos es estar contigo. Creo que manejamos bien la situación el primer año, pero el segundo y el tercero, con la doble residencia, las cosas se pusieron difíciles para mí. Empecé a tener dificultades para mantener una relación a distancia y concentrarme en el trabajo. Y el secreto suponía más estrés. Pero sabía que si me quejaba tú también te estresarías.

Fue hacia el balcón y luego se volvió hacia ella.

–Solo tenías veintiún años cuando iniciamos la relación, y apenas habías salido con hombres. En el fondo, sabía que no estabas lista para el tipo de relación que yo quería, pero te quería y pensé que todo iría bien. Conocía el reto que supone estudiar Medicina y no quería añadir estrés a tu vida –hizo una pausa–. Pero parece que lo hice de todas formas. A veces, cuando hablábamos, estaba de mal humor por la tensión. Me irritaba contigo en vez de hablarte de ello. Te pido disculpas. Me arrepiento de haberlo hecho.

–Está bien –dijo Jillian–. Siéntate y come. El desayuno se está enfriando.

Fue hacia la mesa y se sentó. Después le rodeó la cintura con un brazo y la sentó en su regazo.

–¡Aidan! ¿Qué estás haciendo?

–Lo que tendría que haber hecho anoche. Traerte aquí, sentarte encima de mí, rodearte con mis brazos y convencerte de que lo que había dicho era verdad. En vez de eso, me enfadé y me fui.

–Siento haberte hecho enfadar anoche –susurró ella, apoyando la frente en la de él.

–Te quiero tanto, Jillian, que cuando pienso que no crees en mi amor, me frustro y no sé qué más puedo hacer. No soy perfecto, soy humano. Voy a cometer errores, y tú también. Pero no traicionaré tu amor con otra mujer. Esos días han acabado para mí. No necesito más mujer que tú.

–Te creo, Aidan –se echó hacia atrás para mirarlo a los ojos–. No puedo decir que nunca sentiré celos, pero sí que se serán por desconfianza de la mujer, no de ti.

Lo decía en serio. Esa mañana se había encontrado con el grupo de mujeres del club de lectura y había desayunado con ellas. Habían disfrutado compartiendo sus experiencias en la facultad. La habían invitado a ir de compras cuando llegaran a Roma, y había aceptado.

Se removió en el regazo de Aidan para ponerse más cómoda.

–Yo no haría eso muchas veces si fuera tú –le advirtió él con un susurro ronco.

Ella sintió una oleada de deseo. La estaba mirando con esos ojos oscuros y penetrantes, esos ojos que podían excitarla como ningún hombre antes lo había hecho o lo haría.

–¿Por qué no? –sabía bien a qué se refería, pero quería oírlo.

–Porque si sigues, podrías convertirte en mi desayuno.

–Te gustan las tortitas con sirope –dijo ella, inocente.

–Pero me gusta más tu sabor –él sonrió.

–¿En serio? –volvió a moverse y se inclinó para hundir el rostro en su cuello.

–Lo has hecho otra vez.

–¿Sí? –se echó atrás y buscó su mirada.

–Sí.

Intencionalmente, se movió de nuevo antes de agacharse para lamerle el pecho. Le gustó el sabor salado de su piel y aún más el gemido que oyó de sus labios.

–Ha pasado un año, Jillian. Si te meto en mi cama hoy, tardaré mucho tiempo en dejarte salir.

–¿Y perderme la visita a Montecarlo? El barco ya ha atracado.

–Tenemos tiempo –se puso en pie de repente, con ella en brazos, y fue hacia el dormitorio–. Ahora disfrutaré del desayuno, estilo Aidan Westmoreland –dijo, tumbándola en la cama–. Te deseo tanto que duele. Te querré siempre, incluso después de exhalar mi último aliento.

–Oh, Aidan. Yo también te quiero y te deseo –luchó para contener las lágrimas.

Él se inclinó y le quitó los zapatos y el resto de la ropa con la destreza que lo caracterizaba. Después, se quitó el pantalón del pijama.

–Quédate quieta un minuto. Hay algo que quiero hacer –le dijo, con voz ronca. Jillian vio la botella de sirope que tenía en la mano.

–Bromeas, ¿verdad? –Jillian lo miró.

–¿Tengo pinta de estar bromeando? –abrió la botella. Ella tragó saliva. Parecía muy serio.

–Pero me pondrá toda pegajosa –razonó ella.

–No estarás pegajosa mucho tiempo. Pienso lamerte hasta la última gota y luego nos ducharemos.

–¡Aidan! –chilló ella cuando el espeso líquido le tocó la piel. Aidan cumplió su palabra. Le echó sirope en el pecho, siguió hacia el ombligo y más abajo. Le puso una buena cantidad entre las piernas.

Después, utilizó la lengua para volverla loca de placer, tomándose su tiempo para lamer el sirope. Le provocaba unos escalofríos sensuales tan intensos que ella no pudo sino quedarse tumbada, gimiendo, perdida en una nube de sensaciones.

Él utilizó la boca como arma de placer mientras le limpiaba los senos y le succionaba los pezones con pasión. Ella no estaba segura de cuánto más podría aguantar cuando él deslizó la boca hacia su estómago. Le enterró los dedos en el pelo mientras le trazaba círculos alrededor del ombligo.

Momentos después, él alzó la cabeza y la miró, lamiéndose los labios. Ambos sabían cuál era el siguiente destino. La expresión de su cara pretendía hacerle saber que iba a hacerlo con gusto.

Y así fue.

Jillian gritó su nombre en cuanto su lengua la penetró, llevándola a un gigantesco orgasmo. Su lengua ansiosa y ardiente hacía que el deseo la desgarrara por dentro. Cuando sintió que un segundo orgasmo iba a seguir al primero, supo que era hora de asumir el control. Si no lo hacía, Aidan la lamería hasta volverla loca.

Hizo acopio de todas sus fuerzas para hacerle girar, pero él le sujetaba las caderas y no despegaba la boca de su sexo. No tuvo más remedio que rendirse al segundo orgasmo con un grito.

—Te dije que limpiaría hasta la última gota, nena —dijo él cuando por fin alzó la cabeza. Después, se situó encima de ella y la penetró.

Ella se rindió a la pasión mientras él empujaba con fuerza, una y otra vez. Dejó escapar otro profundo gemido cuando él incrementó el ritmo. Después, sin salir de su cuerpo, se puso de rodillas, alzó las piernas hasta apoyarlas en su cuello y siguió embistiendo.

—¡Aidan!

Él contestó con un gruñido y ambos se rindieron juntos a una intensa explosión. Ella sintió el líquido espeso y ardiente llenar su cuerpo. Pero él no se detuvo. Siguió moviéndose y su miembro volvió a endurecerse dentro de ella.

Jillian vio amor y pasión en la profundidad de sus ojos. Estaban unidos y lo estarían siempre. Por fin, húmedo de sudor, él se tumbó de costado y la rodeó con brazos y piernas. Ella inhaló su olor. Allí era donde quería estar. Siempre.

Horas después, Jillian se removió en los brazos de Aidan para susurrarle al oído.

—Recuérdame que no vuelva a permitir que estés sin mí durante un año entero.

—Un año, dos meses y cuatro días.

Jillian se irguió para mirar el reloj. Llevaban cinco horas en la cama.

–Tenemos que ducharnos.

–¿Otra vez?

–La última no cuenta –rio ella.

–¿Por qué?

–Ya sabes por qué –lo miró, juguetona.

La había llevado a la ducha para quitarle cualquier resto de sirope, pero había acabado haciéndole el amor otra vez. Después, habían vuelto a la cama y hecho el amor varias veces más, antes de quedarse dormidos.

–Quiero ver Monte Carlo.

–Yo quiero verte a ti –dijo él, recorriendo su cuerpo desnudo con la mirada–. ¿Sabes cuánto he echado esto de menos? ¿Cuánto te he echado de menos?

–¿Tanto como yo a ti?

–Más –dijo él, acariciándola.

–Eso lo dudo, doctor Westmoreland.

–Créeme.

Le creía. Y lo amaba tanto que quería que todo el mundo lo supiera.

–Estoy deseando volver a Dénver para asistir a la boda de Adrian –le dijo.

–¿Por qué?

–Para contárselo a Pam y a Dillon.

–¿Estás lista para eso? –escrutó su expresión.

–Más que lista.

Capítulo Catorce

Espero que esta no sea tu forma de castigarme por lo ocurrido los dos últimos días, Jillian.

–¿Por qué iba a hacer eso? –preguntó Jillian, sonriente. Estaban recorriendo las calles de Roma.

–Porque era tarde cuando por fin desembarcamos para visitar Montecarlo, y lo mismo ocurrió ayer en Florencia. Tengo la sensación de que me culpas de ambas cosas.

–¿A quién iba a culpar si no? –ella se rio–. Cada vez que decía que era hora de levantarnos, ducharnos y desembarcar, tenías otras ideas.

–Pero hemos hecho las visitas, aunque empezáramos con algo de retraso.

Sí, eso era cierto. Un paseo de apenas tres horas en Montecarlo, que habían recorrido en taxi. El día anterior, en Florencia, al menos habían disfrutado de una ruta panorámica hasta la Piazzale Michelangelo. Desde allí habían visitado varios palacios y museos.

Esa mañana, ella se había asegurado de que se levantaran, vistieran y salieran del barco a una hora razonable para hacer la visita de Roma. Ya llevaban largo rato andando, y seguramente a eso se debían las protestas de Aidan.

–¿De qué te quejas, Aidan? Estás en buena forma –ella lo sabía mejor que nadie.

Él había hecho que trasladaran las cosas de Jillian a su suite. Habían pasado la noche allí y no habían dormido hasta el amanecer.

–¿Crees que te estoy castigando por sugerir una visita a pie en vez de en taxi? –preguntó ella, mientras cruzaban una ajetreada calle.

–No. Creo que me estás castigando porque me convenciste para no alquilar ese Ferrari rojo. Imagínate a cuántos sitios te podría haber llevado.

–Prefiero llegar de una pieza y con el corazón latiendo a un ritmo normal –rio ella.

–¿Has olvidado que pienso convertirme en uno de los cardiólogos más solicitados del mundo? –Aidan le puso un brazo sobre los hombros.

–¿Cómo iba a olvidarlo? –estaba muy orgullosa de él. El programa de residencia doble le había abierto la puerta para continuar su especialización en el Johns Hopkins, uno de los hospitales de investigación más famosos del país.

La noche anterior habían hablado de sus objetivos de futuro. Ella iba a iniciar la residencia en un hospital de Orlando, Florida, en otoño. Lo bueno era que, tras el primer año, podía cambiar de hospital. Dado que él pasaría al menos tres años en el John Hopkins, ella pediría el traslado a Washington, D. C. o a Maryland.

Unas horas después, Jillian, de pie en la escalinata de la Piazza di Spagna, esperaba a Aidan, que había ido a buscar el abanico que ella había olvidado en una iglesia. De repente, vio pasar a un hombre que le resultó familiar.

¿Riley Westmoreland? Se preguntó qué hacía el primo de Aidan en Roma.

–¡Riley! –gritó. Como el hombre no volvió la cabeza, supuso que no la había oído. Bajó los escalones de dos en dos y corrió tras él. Le alcanzó y le agarró del brazo.

–¡Riley, espera! No sabía que… –calló a media frase cuando el hombre se dio la vuelta. No era Riley. Pero se parecía lo bastante como para ser su gemelo–. Disculpe. Pensé que era otra persona.

El hombre sonrió y ella parpadeó al ver que también tenía la sonrisa de Riley. O, más bien, la sonrisa de los Westmoreland. Todos los hombres de la familia tenían hoyuelos. Y, al igual que ellos, era un hombre muy guapo.

–No es problema, *signorina*.

–¿Es italiano? –preguntó ella con una sonrisa.

–No. Americano. Estoy aquí por negocios. ¿Y usted?

–Americana. Estoy de vacaciones –le ofreció la mano–. Me llamo Jillian Novak.

–Garth Outlaw –dijo él, aceptando su mano.

–Encantada de conocerlo, Garth. Siento haberlo confundido con otro, pero podría ser el gemelo de Riley Westmoreland.

–Con su belleza puede hacer lo que quiera, *signorina*. No hace falta pedir disculpas –risueño, le agarró la mano y se la llevó a los labios–. Le deseo que tenga un buen día, *bella* Jillian Novak.

–Lo mismo digo.

Él se dio la vuelta y se alejó. Ella se quedó inmóvil, pensativa.

–¿Jillian? –se volvió al oír la voz de Aidan.

–Pensé que ibas a esperarme en la escalinata –dijo él cuando llegó a su lado.

–Y lo hice, pero me pareció ver a Riley y…

–¿Riley?

–Se parecía tanto a Riley que corrí tras él. Podría haber sido su gemelo. Le pedí disculpas por mi error y fue muy agradable. Era un americano en viaje de negocios. Dijo que se llamaba Garth Outlaw.

–¿Outlaw? –Aidan arrugó la frente.

–Sí.

–Eso es interesante. La última vez que tuvimos una reunión familiar de la investigación que lleva Rico, mencionó haber seguido una de las ramas de los Westmoreland hasta una familia apellidada Outlaw. Dillon lo sabrá con seguridad. Se lo mencionaré cuando volvamos. Esa información podría ayudar a Rico –dijo Aidan.

Rico Clairborne, investigador privado, estaba casado con Megan, la hermana de Aidan. Jillian sabía que la agencia de Rico investigaba la conexión de cuatro mujeres con Raphel Westmoreland, el bisabuelo de Aidan. En un estudio genealógico habían descubierto que antes de casarse con Gemma, la bisabuela de Aidan, Raphel había tenido relaciones con otras cuatro mujeres, supuestas esposas. Rico había confirmado que no había lle-

145

gado a casarse con ninguna de ellas, pero una había dado a luz a un hijo. Por lo visto, Rico había relacionado a ese hijo con la familia Outlaw.

–¿Estás lista para volver al barco? –preguntó Aidan, interrumpiendo sus pensamientos.

–Sí, se está haciendo tarde. Si quieres, mañana puedes venir de compras conmigo y las chicas del club de lectura –sugirió Aidan.

–No, gracias. Aunque Roma es una ciudad preciosa, de momento he visto suficiente. Te traeré aquí de nuevo.

–¿Lo harás? ¿Cuándo?

–De luna de miel. Espero –Aidan apoyó una rodilla en el suelo y tomó su mano entre las suyas–. Te amo, Jillian. ¿Quieres casarte conmigo?

Jillian lo miró atónita. Hasta que él no tiró con suavidad de su mano, no vio el anillo que le había puesto. Abrió los ojos de par en par.

–¡Oh, Dios mío! –nunca había visto algo tan bonito.

–¿Y bien? –Aidan sonrió–. Hay gente a nuestro alrededor. Hemos captado su atención. ¿Vas a avergonzarme en público o qué?

Ella vio que varias personas, paradas, los miraban. Habían oído la proposición y, como Aidan, esperaban su respuesta.

–Sí. ¡Sí! –exclamó, rebosante de felicidad.

–Gracias –él se puso en pie y la rodeó con los brazos.

La gente que los rodeaba aplaudió y vitoreó mientras Aidan besaba a Jillian.

Aidan caminó por el largo pasillo que llevaba a su suite. Jillian le había echado de allí y ordenado que no volviera hasta pasada una hora, porque tenía una sorpresa para él.

Era difícil creer que hubieran pasado dos semanas. Al día siguiente llegarían a Barcelona. No podía evitar la felicidad que le henchía el pecho cuando pensaba que era un hombre comprometido. Aunque no habían fijado una fecha, lo importante era que se lo había pedido y ella había aceptado. Hablaban de su futuro a diario y aunque pasaría al menos un año hasta que ella pudiera reunirse con él en Maryland, sabían que llegaría el día en que estarían juntos.

Rio para sí al pensar en lo emocionada que estaba Jillian con su anillo de compromiso. Las seis socias del club de lectura también lo habían admirado cada noche en la cena.

Cuando llegó a la suite, llamó a la puerta para hacerle saber que había regresado.

–Adelante.

Abrió la puerta con su tarjeta y sonrió al ver velas encendidas por toda la habitación y la elegante mesa. Su futura esposa había creado el ambiente perfecto para una cena romántica.

Cerró la puerta a su espalda y miró alrededor, pero no vio a Jillian. Se preguntó si lo estaría esperando en el dormitorio. Iba en esa dirección cuando sintió una mano en el hombro. Se dio la vuelta y se quedó si aliento. Jillian llevaba un provocativo picardías de encaje negro, un ligero a juego y zapatos de tacón de aguja. Pensando que no había visto nada tan sexy en su vida, gruñó con deleite.

—Estás a punto de recibir el mejor baile erótico de tu vida, Aidan Westmoreland —le susurró, lamiéndole la oreja. Lo empujó para hacer que se sentara—. Y recuerda, está prohibido tocar, así que ponte las manos en la espalda.

Él la obedeció, hipnotizado por su sensualidad. Se le aceleró el pulso y la sangre no tardó en concentrarse en su entrepierna.

—¿Y qué es lo que quieres que haga? —preguntó.

—Solo disfrutar. Yo haré todo el trabajo —le sonrió—. Pero para cuando acabe estarás demasiado agotado para moverte.

¿Él? ¿Demasiado agotado para moverse? ¿Y ella haría todo el trabajo? Aidan no tenía ningún problema con disfrutar de esa experiencia.

—¿Vas a dejar las manos quietas, o voy a tener que esposarte? —preguntó ella.

Él no pudo evitar una sonrisa al oír eso. Dudaba de que tuviera esposas y que pudiera ser tan atrevida. Así que decidió descubrirlo.

—No puedo prometerlo, así que tal vez deberías esposarme.

Un instante después, sin saber cómo, se encontró esposado a la silla. Maldijo para sí, atónito. De repente, empezó a sonar una música de ritmo sensual.

Esposado a la silla, vio cómo Jillian respondía a la música con movimientos lentos, gráciles y seductores. Movía el vientre, las caderas y el trasero de forma pecaminosa y sensual. La contempló fascinado, incapaz de controlar su erección.

Aunque él no podía tocarla, ella sí a él. Le acarició el pecho por debajo de la camisa, enredando los dedos en el vello, antes de desabrocharle los botones y despojarlo de la prenda.

–¿Te he dicho alguna vez cuánto me gusta tu pecho, Aidan? –le preguntó con voz seductora.

–No. Nunca –repuso él, ronco.

–Pues te lo digo ahora. De hecho, quiero demostrarte cuánto me gusta.

Se agachó y le lamió las clavículas. Él habría saltado de la silla si no hubiera estado esposado a ella. Jillian utilizó la lengua como nunca antes y se oyó a sí mismo gruñendo de placer.

–¿Te gusta? –se acercó a su boca y lamió alrededor–. ¿Quieres más? ¿Quieres que te enseñe qué más me has enseñado a hacer con la lengua?

Él tragó saliva. Claro que quería más. Quería saber qué había aprendido. Asintió con la cabeza.

Ella sonrió y se agachó para quitarle los zapatos. Luego, le bajó la cremallera del pantalón y le alzó las caderas para sacárselo.

–Una vez me lamiste de arriba abajo. Ahora voy a hacerte lo mismo yo también.

Se humedeció los labios, se arrodilló ante él y le abrió las piernas. Luego colocó la cabeza entre sus muslos y lo tomó con la boca.

En cuanto notó el contacto, la sangre enloqueció en sus venas. Ella abrió más la boca, para acomodarlo, y usó la lengua para demostrarle que era ella quien tenía el control. Él, envuelto en una neblina sensual, observó cómo su cabeza subía y bajaba mientras azuzaba la llama de su deseo.

Quería agarrarle el cabello, acariciarle la espalda y los hombros, pero no podía. Se sentía indefenso, totalmente bajo su control. Cuando no pudo soportarlo más, su cuerpo se convulsionó en una explosión incontrolable, pero ella no lo soltó.

–¡Jillian!

La deseaba con una intensidad que le aterraba. Cuando ella alzó la cabeza y le sonrió, supo lo que significaba amar a alguien con cada célula del corazón, del ser y del alma.

Mientras la música seguía sonando, ella se irguió y empezó a desnudarse para él, quitándose cada prenda lentamente, acercándola a su nariz antes de dejarla caer. La excitación sexual le invadió hasta lo más profundo cuando captó su aroma. Ya totalmente desnuda, volvió a bailar, tocándose y tocándolo a él. Él no había visto nada tan erótico en toda su vida.

Cuando se situó en su regazo y siguió bailando, el roce de sus suaves curvas le hizo gruñir y consiguió que la erección volviera con más fuerza que antes.

–Suéltame –suplicó. Necesitaba tocarla. Necesitaba acariciarle el pelo e introducir los dedos dentro de ella.

–Aún no –ronroneó ella. Giró el cuerpo para apoyar la espalda en su pecho y después descendió sobre su miembro y lo montó.

Nunca había sido tan salvaje, y cuando se giró para ponerse de cara a él, sentir el roce de sus senos le hizo enloquecer.

–¡Jillian! –gritó su nombre mientras se rendía a otro orgasmo. Se inclinó hacia delante. Aunque no podía tocarla, podía lamerla. Con la lengua le acarició el lóbulo de la oreja–. Quítame las esposas, nena. Por favor. Hazlo ya.

Le rodeó el cuerpo con los brazos y oyó el clic que lo liberaba. Se puso en pie y, alzándola en brazos, la llevó al dormitorio.

La tumbó en la cama. Se puso a horcajadas sobre ella, se introdujo en su interior y empezó a empujar, acariciándola, deseando hacerle sentir su amor con cada movimiento.

Embistió con más fuerza y los gemidos de ella subieron de volumen. Su deseo se desbordó. Cuando llegó la explosión, la arrastró con él y se lanzaron juntos a un clímax devastador, paradisíaco. Jillian Novak le acababa de proporcionar un placer que todo hombre debería experimentar al menos una vez en su vida.

Momentos después, se quitó de encima y la abrazó. Le besó el rostro mientras se dormía.

Su romance ya no era secreto, y él anhelaba decirle al mundo que había encontrado a la pareja de su vida. Y que la adoraría para siempre.

Epílogo

–Así que creíais que lo habíais mantenido en secreto –dijo Pam sonriente, sentada junto a su marido en el sofá.

–¿No lo hicimos? –preguntó Jillian, con la mano de Aidan en la suya.

–Puede que al principio –contestó Dillon–. Pero cuando te enamoras de alguien, es difícil ocultarlo, sobre todo en esta familia.

Jillian sabía exactamente lo que quería decir. Por lo visto, el mayor secreto había sido que Aidan y ella querían mantener su relación en secreto. Ningún miembro de la familia sabía quién más lo había adivinado, así que todos se habían callado sus sospechas.

–Pues me alegro de no tener que ocultarlo más tiempo –dijo Aidan, poniéndose en pie, arrastrando a Jillian con él y abrazándola.

–Quieres decir que ya no tienes que intentar ocultarlo –corrigió Pam–. La verdad es que no disimulabais nada bien. Cuando os separasteis, Dillon y yo estuvimos a punto de intervenir. Pero decidimos que si estaba escrito que lo arreglarais, lo haríais sin nuestra ayuda.

–Sí, lo hicimos, pero tengo que reconocer que

Paige ayudó mucho renunciando al crucero –Jillian miró su anillo–. Aidan y yo necesitábamos ese tiempo juntos para solucionar las cosas.

–A juzgar por ese anillo, conseguisteis hacerlo –apuntó Dillon.

–Sí –Aidan asintió y sonrió a Jillian–. No nos importa tener que esperar un año hasta que Jillian pueda pedir el traslado de Orlando a un hospital más cercano al mío. Entonces, nos casaremos.

–Además –dijo Pam–, eso me dará tiempo para planificar la boda sin prisas. Los Westmoreland parecen haber decidido casarse uno tras otro pero, creedme, no me quejo.

–No te quejes, por favor –Dillon abrazó a su esposa–. Yo estoy encantado. Cuando Adrian se case el mes que viene y Aidan dentro de un año, solo tendré que preocuparme de Bailey y Bane.

Se hizo el silencio. Solo quedaban dos Westmoreland solteros, y eran los dos que tenían fama de ser más testarudos.

–Bay dice que nunca se casará –apuntó Aidan con una sonrisa.

–Lo mismo decíais Adrian y tú –le recordó Dillon–. De hecho, no creo que haya un Westmoreland que no haya dicho lo mismo en algún momento, yo incluido. Pero basta con que encontremos a nuestra alma gemela para que cambiemos de canción.

–¿Ves a Bay cambiando de canción? –preguntó Aidan.

–No –suspiró Dillon tras pensarlo un momento.

Todos rieron al mismo tiempo.

–Hay alguien para todo el mundo, y para Bayle también. Lo que pasa es que no lo ha conocido aún. Pero creo que ese día llegará –comentó Pam cuando las risas se acallaron.

Un mes después

–Adrian Westmoreland, puede besar a la novia.

Aidan, que era el padrino, sonrió mientras observaba a su hermano gemelo abrazar a la mujer que amaba, la doctora Trinity Matthews Westmoreland, y sellar los votos matrimoniales con un beso apasionado. Aidan le guiñó un ojo a Jillian, que estaba sentada con sus hermana. Su día también llegaría y lo estaba deseando.

Poco después, Aidan se llevó a su gemelo unos minutos.

–Bien hecho, doctor Westmoreland –le dijo a Adrian.

–Espero decirte lo mismo dentro de un año, doctor Westmoreland –rio Adrian–. Me alegro de que el crucero ayudara y Jillian y tú pudierais arreglar las cosas.

–Yo también. El año que estuvimos separados fue el peor de mi vida.

–Lo sé –Adrian asintió–. No olvides que siento tu dolor cada vez que tienes emociones fuertes. Aidan lo sabía, por algo eran gemelos.

–¿Adónde iréis de luna de miel?

–A Sídney, Australia. Siempre he querido volver, y estoy deseando llevar a Trinity conmigo.

–Bueno, ambos os merecéis una vida de felicidad –dijo Aidan. Tomó un sorbo de champán.

–También Jillian y tú. Me alegro mucho de que el secreto haya dejado de serlo.

–Y yo –la sonrisa de Aidan se ensanchó–. Dicho eso, voy a reclamar a mi prometida para que tú puedas ir a reclamar a tu esposa.

Aidan cruzó la sala de baile hacia donde Jillian estaba charlando con Paige, Nadia y Bailey. A la mañana siguiente, Jillian y él conducirían de Bunnell a Orlando, a una hora de allí. Juntos, buscarían un apartamento cerca del hospital en el que ella trabajaría como interna. Por suerte, los vuelos entre Washington y Orlando eran bastante frecuentes. Eso le alegraba, porque tenía intención de visitar a su mujer a menudo.

Aidan le había contado a Dillon el encuentro casual de Jillian y un tal Garth Outlaw, a quien ella había confundido con Riley. A Dillon no le había sorprendido el fuerte parecido de un posible pariente, dado que los genes de los Westmoreland siempre eran dominantes. Le había pasado la información a Rico, y toda la familia esperaba que diera lugar a algún resultado.

–Lo siento, chicas, necesito llevarme a Jillian un minuto –dijo Aidan.

–¿Adónde vamos? –preguntó Jillian mientras la conducía a la salida.

–A pasear por la playa.

De la mano, cruzaron el muelle, bajaron los peldaños de madera y se quitaron los zapatos.

–¿Qué estás pensando, nena? –preguntó Aidan.

–Que me siento de maravilla ahora mismo. Paseando en la arena, rodeada de la gente a la que quiero y no teniendo que ocultar mis sentimientos por ti. Soy una mujer afortunada por tener esta familia y un prometido tan espectacular y cariñoso.

–¿Te parezco espectacular?

–Sí.

–¿Y cariñoso?

–Sin duda.

–¿Y eso me da derecho a otro baile erótico esta noche?

Jillian echó la cabeza hacia atrás y soltó una carcajada. La brisa le alborotó el cabello y Aidan se lo apartó del rostro.

–Doctor Westmoreland, tendrás un baile erótico cuando quieras. Solo tienes que decirlo.

–Baile erótico.

–Concedido –se puso de puntillas.

Aidan la rodeó con los brazos y la besó. La vida no podía ser mejor.

A SU MANERA

KATHIE DeNOSKI

El ranchero T. J. Malloy no se lo pensó dos veces a la hora de salvar de una riada a una mujer y a su hijo y llevárselos a su rancho, aunque esa mujer fuera Heather Wilson, la vecina con la que llevaba varios meses litigando. Heather no solo resultó ser irresistiblemente atractiva, sino que necesitaba con desesperación la ayuda que solo él podía darle.

La pasión no tardó en desbordarse con la misma intensidad que la crecida del río, y T. J. se propuso mantener a Heather con él… ¡bajo sus condiciones!

*Quería hacer las cosas bien con ella,
a su manera…*

¡YA EN TU PUNTO DE VENTA!

Acepte 2 de nuestras mejores novelas de amor GRATIS

¡Y reciba un regalo sorpresa!

Oferta especial de tiempo limitado

Rellene el cupón y envíelo a
Harlequin Reader Service®
3010 Walden Ave.
P.O. Box 1867
Buffalo, N.Y. 14240-1867

¡Sí! Por favor, envíenme 2 novelas de amor de Harlequin (1 Bianca® y 1 Deseo®) gratis, más el regalo sorpresa. Luego remítanme 4 novelas nuevas todos los meses, las cuales recibiré mucho antes de que aparezcan en librerías, y factúrenme al bajo precio de $3,24 cada una, más $0,25 por envío e impuesto de ventas, si corresponde*. Este es el precio total, y es un ahorro de casi el 20% sobre el precio de portada. ¡Una oferta excelente! Entiendo que el hecho de aceptar estos libros y el regalo no me obliga en forma alguna a la compra de libros adicionales. Y también que puedo devolver cualquier envío y cancelar en cualquier momento. Aún si decido no comprar ningún otro libro de Harlequin, los 2 libros gratis y el regalo sorpresa son míos para siempre.

416 LBN DU7N

Nombre y apellido	(Por favor, letra de molde)

Dirección	Apartamento No.

Ciudad	Estado	Zona postal

Esta oferta se limita a un pedido por hogar y no está disponible para los subscriptores actuales de Deseo® y Bianca®.
*Los términos y precios quedan sujetos a cambios sin aviso previo.
Impuestos de ventas aplican en N.Y.

SPN-03   ©2003 Harlequin Enterprises Limited

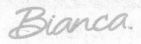

Nunca fue buena idea mezclar los negocios con el placer...

Jake Sorenson era un célebre playboy y un productor musical de primera, pero cuando se trataba del trabajo nunca sucumbía a la tentación, ni siquiera cuando tomaba la forma de una belleza como su último descubrimiento, Caitlin Ryan. Ella, por su parte, estaba decidida a concentrarse en la música, pero jamás había conocido a un hombre tan imponente como Jake, y el deseo que sentían el uno por el otro no tardaría en ir en aumento. Tras probar las mieles de la rebelión, parecían estar a punto de infringir las reglas más estrictas...

Escucha mi canción

Maggie Cox

UN ACUERDO PERMANENTE

MAUREEN CHILD

Dave Firestone no tenía intención de casarse, pero era capaz de fingir cualquier cosa con tal de conseguir un importante contrato para su rancho. Necesitaba encontrar rápidamente a una prometida y decidió acudir a Mia Hughes. El jefe de esta, y rival de Dave, estaba desaparecido y no podía pagarle, así que Mia aceptó la propuesta de Dave. Pero cuando su romance falso dio un giro inesperado y se convirtió en largas noches de pasión, Dave no quiso dejar marchar a Mia y tuvo que recurrir a la persuasión para intentar conseguir alargar la situación.

¿Lograría que ella aceptara otro tipo de pacto?

¡YA EN TU PUNTO DE VENTA!